「戦《いくさ》よ！」
鋼殻のレギオス
CHROME SHELLED REGIOS
12 ブラック・アラベスク

「リーリンを放せ!」

光がリンテンスたちの側面を覆った。
だがそれだけだ。衝撃は届かない。
全て、リンテンスの鋼糸が防いでいる。

少女が目を開いた。
「目覚めた。まさか……」

鋼殻のレギオス12
ブラック・アラベスク

雨木シュウスケ

ファンタジア文庫

1524

口絵・本文イラスト　深遊

目次

プロローグ――行軍都市―― 5

01 混迷《こんめい》都市 11

02 堕影《だえい》都市 52

03 槍殻《そうかく》都市 91

04 魍魎《もうりょう》都市 130

05 斬奸《ざんかん》都市 177

エピローグ――虚穴《きょけつ》都市―― 241

あとがき 300

登場人物紹介

●レイフォン・アルセイフ　15　♂
主人公。第十七小隊のルーキー。グレンダンの元天剣授受者。戦い以外優柔不断。
●リーリン・マーフェス　15　♀
レイフォンの幼なじみ。ツェルニを訪れ、レイフォンと再会を果たした。
●ニーナ・アントーク　18　♀
第十七小隊の小隊長。強くありたいと望み、自分にも他人にも厳しく接する。
●フェリ・ロス　17　♀
第十七小隊の念威繰者。生徒会長カリアンの妹。自身の才能を毛嫌いしている。
●シャーニッド・エリプトン　19　♂
第十七小隊の隊員。飄々とした軽い性格ながら自分の仕事はきっちりとこなす。
●メイシェン・トリンデン　15　♀
一般教養科に在籍。レイフォンとはクラスメートで、彼に想いを寄せている。
●ナルキ・ゲルニ　15　♀
武芸科に在籍。都市警察に属する傍ら、第十七小隊に入隊した。
●ミィフィ・ロッテン　15　♀
一般教養科に在籍。出版社でバイトをしている。メイシェン、ナルキと幼なじみ。
●カリアン・ロス　21　♂
学園都市ツェルニの生徒会長。レイフォンを武芸科に転科させた張本人。
●アルシェイラ・アルモニス　??　♀
グレンダンの女王。その力は天剣授受者を凌駕する。
●サヴァリス・クォルラフィン・ルッケンス　25　♂
グレンダンの名門ルッケンス家が輩出した二人目の天剣授受者。
●リンテンス・サーヴォレイド・ハーデン　37　♂
グレンダレンの天剣授受者でレイフォンの鋼糸の師匠。口、目つき、機嫌が悪い。
●デルボネ・キュアンティス・ミューラ　??　♀
老婆だが凄まじい力を有する天剣授受者唯一の念威繰者。蝶に似た念威を操る。
●ルイメイ・ガーラント・メックリング　??　♂
鉄球で戦う巨漢の天剣授受者。技術より力を前面に押し出した戦いを好む。
●トロイアット・ギャバネスト・フィランディン　??　♂
化錬剄による派手な技を好んで使う、口達者で陽気な天剣授受者。女好き。
●狼面衆　??　??
イグナシスの使徒たち。目的含め、全てが不明。
●ニルフィリア　??　♀
錬金科深くの研究所で眠りについていた妖艶な少女。守護獣計画と関わりを持つ。

プロローグ――行軍都市――

ランドローラーが金切り声をあげている。

タイヤも、そしてエンジンも危険《きけん》な領域《りょういき》に突入《とつにゅう》している予感があった。

だが、限界《げんかい》まで捻《ひね》ったアクセルを元に戻《もど》そうとは思わない。思えない。

「くっ……」

視界《しかい》を守るガードに小石が跳《は》ねる。砂埃《すなぼこり》が淡《あわ》い膜《まく》を張《は》るが、フェリの念威端子《ねんいたんし》が視界を補助《ほじょ》してくれているため、さほどの影響《えいきょう》はない。

前方にはレイフォンと同じように全速力で駆《か》けるランドローラーの姿《すがた》がある。

……そして、背後《はいご》からは圧力《あつりょく》のある音が追いかけてくる。

大地に突《つ》き立つ激《はげ》しい衝撃《しょうげき》の嵐《あらし》。その音はまだ遠い。だが、刹那《せつな》を刻《きざ》むごとにその音量は増《ま》し、圧力は焦《あせ》りを駆り立てる。

ランドローラーのミラーを確認《かくにん》する。砂埃に汚《よご》れた鏡面には、巨大《きょだい》な都市の一部が映《うつ》し出されていた。見覚えのある形。

ツェルニとはまた違《ちが》う都市の足の形。

グレンダンだ。

そんなまさかという思いだ。信じたくはない。だが、ついさっきまで戦っていた汚染獣《おせんじゆう》……あれの最後を思い出す。あんなことができる武芸者《ぶげいしゃ》を想像《そうぞう》した時、一人しか思いつく人物はいない。あんな人間が他にいるとは思えない。

女王、アルシェイラ・アルモニス。

彼女なら可能《かのう》だろう。天剣授受者《てんけんじゆじゆしゃ》をも超越《ちょうえつ》した彼女ならば……

しかし、その女王の意思とは関係なく動くはずのグレンダンが、まるでこちらを追うように動くのはどういう理由なのか？

廃貴族《はいきぞく》を必要としているのは、女王たちグレンダンに住む者だけでなく、グレンダンそのものだったということなのか？

「くそっ」

急がなければならない。

眼前《がんぜん》を走るランドローラー、サヴァリスの目的は廃貴族にある。そして廃貴族はニーナとともにあるはずだ。彼女自身がそう告白した。

サヴァリスはニーナをどうするのか？　彼女から廃貴族だけを抜《ぬ》き出す術《すべ》を持っているのか？　しかし、持っているのならば、どうしてこれまでなにもしなかったのか？

都市が危機《きき》になるのを待っていた？

廃貴族は滅亡《めつぼう》した都市の執念《しゅうねん》と憎悪《ぞうお》により変質《へんしつ》したと聞いている。ディンの時は自身の都市に対する強い意思に呼応《こおう》した。あれはもとからディンの中にいたわけではなく、ツェルニのどこかに潜伏《せんぷく》していたものが、彼の意思に呼《よ》び出されたのだろうと言われている。

今度はニーナの中にいる。いまの都市の危機に、ニーナの中でなにかが起こっているのかもしれない。

「フェリ……隊長は、無事ですか？」

「……いまは、あなたのサポートに専念《せんねん》しています。都市の状況《じょうきょう》を詳《くわ》しくは知りません」

「…………」

それは嘘《うそ》なのか本当なのか。苛立《いらだ》ちが怒《いか》りに変化しようとしたが、黙《だま》って飲みこんだ。

それを知ったとして、いまの状況も、レイフォンがするべきことも変わらない。ならば、都市を思って惑《まど》っているよりも、眼前の目的に集中した方がいいに決まっている。

決まっているが、惑う。

ツェルニを出る時、ニーナは任《まか》せろと言ってくれた。リーリンを守ると。その気持ちが嬉《うれ》しかった。「背中《せなか》を守れない」と言われた時の悲しさが吹《ふ》き飛んだのだ。

そのニーナに危険《きけん》が迫《せま》っているとすれば、それはレイフォンが守らなければならないことだ。

「行かせるか」

ランドローラーが跳ねる。進む先が地滑《じすべ》りでもあったかのように地面が裂《さ》け、地層《ちそう》が剝《む》き出しになっていた。レイフォンはバランスを取りながら立ち上がり、左手に握《にぎ》った簡易《シム》型複合錬金鋼《アダマンダイト》で空を薙《な》ぐ。

外力系衝剄《がいりよくけいしようけい》の変化、閃断《せんだん》。

同じく宙《ちゅう》にあるサヴァリスに、凝縮《ぎょうしゅく》された斬撃《ざんげき》を解《と》き放《はな》つ。

直進した斬撃は、無為《むい》の空を裂いて駆け抜けていく。

ランドローラーから、サヴァリスの姿が消えた。

気配は上にあった。

サヴァリスが空中で身をひねる。膝《ひざ》を立て、落下してくる。

「ちぃっ！」

迎撃《げいげき》……ではなく、レイフォンは回避《かいひ》を選んだ。衝剄を放ち、その余波《よは》でランドローラーの落下軌道《きどう》を変更《へんこう》する。

眼前をサヴァリスが落下していく。膝に込《こ》められた剄が爆発《ばくはつ》し、岩塊《がんかい》を周囲にばらまく。受け止めていればあの爆発がランドローラーを破壊《はかい》していたかもしれない。

爆発の余波が視界をふさぐ、気配は無人のランドローラーへと向かっていく。

「ははは、これは、ちょっと趣向《しゅこう》が違っておもしろいね！」

爆発の余波でバランスを崩《くず》したレイフォンはそれに追撃できない。

「どこまでも、遊びのつもりか⁉」

サヴァリスの笑い声だけが土煙《つちけむり》の中で轟《とどろ》く。レイフォンの声は剄力で震《ふる》え、土煙を吹き飛ばす。

すでにランドローラーに戻《もど》り、先へと進むサヴァリスの姿がある。

「ちっ」

レイフォンも着地。跳《は》ねながらの疾走《しっそう》。青石錬金鋼《サファイアダイト》、あるいは複合錬金鋼《アダマンダイト》が無事ならば鋼糸《こうし》が使えたのに……

手にあるのは簡易型《シム・》複合錬金鋼《アダマンダイト》のみ。

背後《はいご》から都市の音が迫る。

サヴァリスを追いながら、レイフォンは腹《はら》の奥《おく》から吐《は》き気《け》のように湧《わ》き上がる絶望《ぜつぼう》感を必死に飲み下していた。

10

サヴァリスはなんとかできたとしても、背後の都市はどうすればいいのか？

01　混迷都市《こんめいとし》

美しい少女がいた。

夜色のドレスを纏《まと》い、透明《とうめい》な瞳《ひとみ》がこちらを覗《のぞ》く。なにを考えているのかわからない表情《ひょうじょう》が、彼女の美を人形的に飾《かざ》り立てる。

その細い指には獣《けもの》を模《も》した黒い仮面《かめん》が挟《はさ》まれている。模様として走る線には青い光が緩《ゆる》やかな鼓動《こどう》を明滅《めいめつ》によって生み出し、生き物のような雰囲気《ふんいき》を醸《かも》し出している。

その少女の前に立つディックの顔にも、同じ仮面が嵌《は》められていた。

狼面衆《ろうめんしゅう》と呼《よ》ばれる、ディックの敵《てき》が被《かぶ》るものと、同じにして違《ちが》うもの。

廃貴族《はいきぞく》、滅《ほろ》びた都市の電子精霊《せいれい》が変異《へんい》した仮面。

自らの数奇《すうき》な運命を象徴《しょうちょう》する、呪《のろ》われた力。

「どうして、お前がここにいる？」

ディックの問いに、だが少女は答えない。

まるで、立体映像《えいぞう》のように微動《びどう》だにせぬ姿《すがた》。もとより存在《そんざい》を危《あや》ぶみそうなほどの美影《びえい》がディックの意識《いしき》を揺《ゆ》さぶり、現実《げんじつ》と幻想《げんそう》の区別を曖昧《あいまい》にする。

それは、なにか不思議な力が行使されているからではない。

この少女の姿そのもの、遺伝子《いでんし》の混《ま》ざりあいの末、自然のいたずら、そんなものの一つの奇跡《きせき》の形としてある少女の姿がディックを惑《まど》わせる。

ディクセリオ・マスケインを惑わせる。

惑いから抜け出るために、頭を振《ふ》る。

「……サヤ。お前は、そうなんだよな？」

確認《かくにん》した。せずにはいられなかった。故郷《ふるさと》、ヴェルゼンハイムが滅んでからずっと、探《さが》し続けてきたものの片割《かたわ》れだ。

隻眼《せきがん》の銃使《じゅうつか》いと、それに付《つ》き従《したが》う夜の少女を、ずっと探していた。

この世界を覆《おお》う、いや、この世界の外殻《がいかく》をなすオーロラ・フィールドの向こうから訪《おとず》れた二人を、ずっと探していた。この二人に出会ってからディクセリオ・マスケインの世界は変わった。怠惰《たいだ》な日常《にちじょう》から復讐《ふくしゅう》の日々へと変化した。

この世界の真実、その一片《いっぺん》に触《ふ》れた。

伝説にすらならなかったこの世界の有り様の謎《なぞ》、その切《き》れ端《はし》を摑《つか》んだ。

奇妙《きみょう》な経緯《いきさつ》の果てに電子精霊《せいれい》同士のコミュニケーションネット、『縁《えん》』の守護《しゅご》者《しゃ》となり、狼面衆との終わることのない戦《いくさ》を繰《く》り広げながら、探し続けた。

その末に、グレンダンに手がかりがあると勘《かん》が告げた。異様の地に居座《いすわ》り続ける狂気《きょうき》の都市。他の都市との『縁』も限《かぎ》られ、放浪《ほうろう》バスもろくに通わない都市。

そして天剣授受者《てんけんじゅじゅしゃ》という異様の武芸者《ぶげいしゃ》たちが集《つど》う都市でもある。

なにかある。そう考えるのはおかしなことではない。その存在《そんざい》を知れば、普通《ふつう》の思考で辿《たど》り着く結論《けつろん》でしかない。

そのために、二度、グレンダンに潜入《せんにゅう》した。はるか以前、そしてつい先日。その二度ともが天剣授受者によってグレンダンが秘匿《ひとく》する奥《おく》の院《いん》へ到達《とうたつ》することを妨《さまた》げられた。

狼面衆たちもおいそれとは近づかない都市。

それがグレンダンだ。

だが、それらの行為《こうい》は無意味だったのか？

目の前に、探していた者が立っている。

美しい少女が立っている。

ヴェルゼンハイムで死に、このツェルニで蘇《よみがえ》った。ディックにとって第二の生誕地《せいたんち》、この学園都市でこの少女の姿を見ることになるとは。

「話してもらうぞ。全《すべ》てを」

だが、少女は答えない。無言のまま、手に持った仮面に視線《しせん》を下ろす。

そして……

「おいっ！」

消えた。

まるで、そんなものは初めから存在しなかったかのように。音も余韻《よいん》もなく消えた。

戦場の音が彼女の残滓《ざんし》めいたものを、彼女の美しさに打たれたディックの心をかき乱《みだ》す。

「くっ、どういうつもりだ？　持ち去りやがったのか？」

自身の仮面を剝《は》ぎ取る。それは顔から離《はな》れたと同時に、まるで極度の揮発性《きはっせい》を持つ物体であるかのように溶《と》け、消えていく。剝ぎ取った手が拳《こぶし》を作る。微《かす》かに残っていた色がそれで飛散し、完全に姿を消した。

「あれが目当てか？　それだけのためか？」

少女の持ち去った仮面。その中で眠《ねむ》る廃貴族《はいきぞく》。それが目当てか？

たかが廃貴族。

電子精霊ならば『縁』を辿れば、多くはなくともさほど苦労することもなく見つけ出せるだろうもののために、わざわざツェルニに現れたというのか？

ディックだけでなく、狼面衆もその姿を追っているというのに。

危険《きけん》を冒《おか》してまで？

「考えられねえ」

必死で気配を探す。通常《つうじょう》の理《ことわり》など通用しない相手だろうが、まだこの都市のどこかにいると勘《かん》が告げていた。

だが、見つからない。

「くそっ！」

今すぐにでもツェルニ中を飛び回りたいがそういうわけにもいかない。

足元には、彼の犠牲者《ぎせいしゃ》が気を失って倒《たお》れていた。

彼と関《かか》わったがために、こんな運命に巻《ま》き込《こ》まれてしまった哀《あわ》れな娘《むすめ》が倒れている。

ニーナ・アントークが倒れている。

強い意志《いし》を宿した瞳《ひとみ》は苦しげに閉《と》じられ、その口の端《はし》からは血が零《こぼ》れている。彼女の持つ防御剄技《ぼうぎょけいぎ》を貫《つらぬ》くために、ディックもかなり無茶《むちゃ》な技《わざ》を使った。

「こいつも、もう解放《かいほう》してやらなければならんだろう」

自らの目的を目の前にして、ディックは血を吐《は》く思いで決断《けつだん》すると、汗《あせ》と埃《ほこり》で汚《よご》れた彼女の額《ひたい》に手を当てた。

記憶《きおく》を消すために。ディックに関わった記憶を消せば、それだけ彼女はこの世界へと戻《もど》ることができる。

現実《げんじつ》を疑《うたが》うことがなければ、アレはそう強くは他人に影響《えいきょう》を与《あた》えることはできない。

アレは、狼面衆《ろうめんしゅう》は、そして夜の向こうに存在《そんざい》する空間とは、そういうものなのだ。

いつものように、ディックは手に剄を走らせた。その剄はニーナの額越《ひたいご》しに脳《のう》を打ち、記憶に関する部位に影響を与える。本来は盗人《ぬすっと》のための剄技だ。ヴェルゼンハイムの、しかもマスケイン家にのみ伝わる技……強欲《ごうよく》都市の名にふさわしい技だ。

ここまで深く関わったニーナには、本来ならあまりやる気にはなれない。直近の記憶のみならず、かなり深い部分まで消し去らなければならない。

ニーナに深刻《しんこく》な記憶障害《しょうがい》が起こる可能性《かのうせい》がある。

だが、もういいだろう。この娘の使命感は異常《いじょう》なまでに強いが、しかし裏表《うらおもて》のない性格《せいかく》はやはり異常な局面では弱い。多少の障害を負うことになったとしても、切り離《はな》してやるべきだ……。

だが……

走る剄がニーナとディックを繋《つな》ぐ。

衝撃《しょうげき》の銃爪《ひきがね》を引く、その瞬間《しゅんかん》に、彼は小さな違和《いわ》感を覚えた。

そして、

「ニーナっ!」

背後からの声。

同時の射撃《しゃげき》。

ディックは左手に持ち替《か》えていた鉄鞭《てつべん》で振《ふ》り返りざまに薙《な》ぎ払《はら》う。

目潰《めつぶ》し目的の衝勁《しょうけい》が周囲で荒《あ》れ狂《くる》う。その向こうで長髪《ちょうはつ》の武芸者《ぶげいしゃ》が両手に銃《じゅう》を構《かま》えてこちらにやってくる。

「ちっ」

ディックはその場にニーナを置いて跳《と》び去った。

「全《すべ》てが中途半端《ちゅうとはんぱ》か、やりきれん」

残したニーナにその武芸者が駆《か》け寄《よ》る。追ってくる様子はない。跳びながらそれを確認《かくにん》し、ディックは再《ふたた》び舌打《したう》ちした。

†

右目の痛《いた》みが続く。涙《なみだ》が止まらない。少女は消えてしまった。そこにはただ、白く塗装《とそう》された隔壁《かくへき》があるだけだ。

リーリンはその場から動けなかった。なにが起きているのかわからない。外からはなんの音も聞こえない。隔壁の防音効果《ぼうおんこうか》が通用するような戦闘《せんとう》しか起きていないのか、あるいは戦闘はもう終わってしまったのか、それさえも判断《はんだん》できない。

なにもわからない。なにが起きているのか、なにが起きようとしているのか、あるいはもう、全てが決定的なまでに終わってしまったのか。

わからない。わからないことが恐《おそ》ろしい。

「レイ……フォン」

苦しい中で幼《おさな》なじみの名を呼《よ》んだ。だが、幼なじみは戦場にある。それを呪《のろ》いはしない。役立たずと罵倒《ばとう》はできない。武芸者である彼が好きだ。それは彼が天剣授受者《てんけんじゆじゅしゃ》という有能《ゆうのう》な武芸者であるからではない。小さな時から共に育ち、彼が一流の武芸者となるためにどれほどの訓練を積んだか、傷《きず》を負ったか、そこでなにを背負《せお》ってきたか……それらを見てきたからだ。

そんなレイフォンが好きだからだ。

だけれど、そんな感情《かんじょう》とは別にしてレイフォンにそばにいてほしいと思う。今この瞬《しゅん》間《かん》だけでいい。抱《だ》き締《し》めてほしいと思う。「大丈夫《だいじょうぶ》」と言ってほしいと願う。

だけど、それはかなわない。

リーリンは知らないが、レイフォンは都市外にいる。ランドローラーを駆《か》って、ツェルニに向けて疾駆《しっく》している。

二人の距離《きょり》は、遠い。

右目が、痛い。

それは当初の刺《さ》すような痛みからは変化していた。ゴミが入ったような、あるいは乾燥《かんそう》したような、疲《つか》れからくる痛み……普通《ふつう》に生活していれば感じることのある目の痛みとはなにかが違《ちが》っていた。

なにかが蠢《うごめ》き、それが神経《しんけい》を刺激《しげき》しているような……歯痛《しつう》に通じる部分があるかもしれない、そんな痛みだった。

痛みで右目を中心とした頭の一部分が、まるで別の存在にでもなったかのような違和感が出来上がっている。とんでもなく腫《は》れているのではないかと思うと恐ろしいが、それを押《お》さえる手の感触《かんしょく》は、そうではないと教えてくれる。

なにが起きているのだろう？　自分の身に。先ほど見た少女は誰《だれ》だ？　どこかで見たことがあるような気がする。

それはどこだ？

どこで見た？

それがとても大事なことのように思えて、リーリンは痛みにうずくまりながら必死に考えた。

背中だけだったが、一度見れば忘《わす》れることができそうにないほどに美しかった。夜色の喪服《もふく》のようなドレス。同色の長い髪《かみ》。触《ふ》れれば折れてしまいそうな、そんな儚《はかな》さを宿していた。幻《まぼろし》のような少女だった。

だけど思い出せない。

痛みに引きずられながら、それに必死に抵抗《ていこう》し、考える。痛みを忘れるためにも、そのことを考えるしかない。

その時、一つの映像《えいぞう》が脳裏《のうり》に浮《う》かび上がった。

それは、いまのこととはまるで関係のないことのように思えた。

シノーラとの最初の出会い。

(そういえば……)

あの時も、涙《なみだ》が出た。自分でもなにがなんだかわからないけれど、涙が出て止まらなくなったのだ。悲しかったわけでもない。いまのように目が痛かったわけでもない。

それなのに……

あの時、シノーラに、なにを見たのか？

この右目は、なにを見たのか？

思い出せ…………！

あの日、シノーラは眠《ねむ》っていた。上級学校の庭で、暖《あたた》かくもないというのに、そんなことおかまいなしの顔で眠っていた。

入学式だというのに道に迷《まよ》っていたリーリンは、その姿《すがた》を見て胸《むね》が一杯《いっぱい》になったのだ。すごい美人だということにさえ、胸が一杯になってから気付いた。その姿をリーリンの意識《いしき》が認識《にんしき》するよりも早く、目が彼女を捕《と》らえて放さなくなり、そして涙が溢《あふ》れ出したのだ。

「ねぇ、どうして泣いてるの？」

目覚めたシノーラが尋《たず》ねる。

リーリンにもわからない。

シノーラが彼女の顔を覗《のぞ》きこんだ。

その時、驚《おどろ》いた顔をした。

どうして？

どうして彼女は驚かなければならないのか？　リーリンが泣いているから？　それならば、起きた時にもう驚いていた。

彼女はその後、それをごまかしていなかったか？

どうして、二度目の驚きを隠《かく》さなければならなかった？

あの時、彼女はなにを……？

なにを見た？

記《き》憶《おく》を揺《ゆ》り起こす。鮮明《せんめい》に、より鮮明に。あの時、自分が意識していなかった部分を明《めい》確《かく》にする。自分は意識していなくとも、記憶は映像としてそれを映し出していたはずだ。シノーラの美《び》貌《ぼう》に見とれていたからか、その顔を鮮明に思い浮《う》かべられる。その顔を、全体から部分に意識を向ける。

彼女はなにかを見ていた。そのなにかを見るため、彼女の目を……彼女の目にはなにが映っていた？

こんなこと、普《ふ》通《つう》ではできるはずがない。だが、リーリンはなにかに誘導《ゆうどう》されるかのように意識を集中した。頭が痛い。目の痛みが移《うつ》ったのか、それとも極度の集中に脳《のう》が悲鳴を上げているのか、リーリンにさえわからない。

それでも、リーリンは記憶の中でシノーラの目を拡大《かくだい》した。その瞳《ひとみ》の中を覗きこんだ。鏡のように映る自分を見つけた。

その瞬間、なにかに引き込まれるような感覚に襲《おそ》われた。

瞳の中に映るリーリン自身の顔を見ることになった。さらに拡大が進み、自身の瞳を覗きこんだ。己《おのれ》の瞳に映りこんだシノーラを見た。

驚いた顔のシノーラがいる。そしてなぜか、彼女の背後《はいご》に大きな四足《しそく》の獣《けもの》がいる。

その獣には、覚えがある。

ガハルド・バレーン。汚染獣《おせんじゆう》に憑依《ひようい》された彼に襲われた時、この獣がリーリンの窮地《きゆうち》を救ってくれた。

それがなぜ、シノーラの側《そば》に？

いや、それだけではない。

さらに背後に、誰か……

違《ちが》う。

背後ではない。それは、シノーラと獣に重なるようにしていた。

夜色のドレスを纏《まと》い、同じ色の髪《かみ》を確認《かくにん》できる。

彼女だ。彼女はここにいた。

しかし、どうして重なるように？

まるで……そうまるで、なにかを映したモニターに、それを見ている人物までも映ってしまったかのように……

（え……？）

考えたとたん、リーリンは寒気がした。ありえない結論《けつろん》が浮かびあがった。

その例え通りだとしたら？

リーリンの瞳というモニターを挟《はさ》んで、両者がいるのだとしたら？

「そんなのって……」

彼女は、リーリンの内側にいる？　リーリンの瞳の中にいる？

ありえない。

痛みと寒気に震《ふる》えながら、リーリンはその考えを否定《ひてい》した。

だけど、だけどだけど……

シノーラの側に、あの獣がいた記憶はない。この時点でありえないと否定できる。否定できる要素《ようそ》はたくさんある。そもそも、こんなに都合よく物事を記憶できているはずがない。人の記憶なんて曖昧《あいまい》なものだ。自分の都合よく改変されてしまうものだ。

だけど、ああ、だけれど……

リーリンは心のどこかで、この結論に納得《なっとく》してしまいそうになっていた。そういうことだったのかと頷《うなず》きたくなっていた。

いや、肯定《こうてい》も否定も無意味な、純然《じゅんぜん》とした事実だと、なにかに囁《ささや》かれているかのようだった。

(彼女が、わたしの中に……?)

「どういう、ことなの……?」

不安になった。ありえない状況《じょうきょう》のその当事者に自分がなっていることに、言い知れない不安が襲いかかってきた。

自分の身に、なにが起こっているのか?

そもそも、自分はなんなのか?

奈落《ならく》に叩《たた》き落とされるように、リーリンの精神《せいしん》は力を失っていく。

孤児《こじ》。

この言葉が全身から血の気を引かせるのだ。出自の明らかでない身。誰《だれ》から生まれたのか、その誰かは何者だったのか、まるでわからない。

わからない。

わたしは、普通《ふつう》の人間なのか?

もしかしたら、そうでないから捨《す》てられたのか?

わからないのだ。

奈落に落ちかけた心がなにかを叫《さけ》ぼうとした。それに気付いて、リーリンは唇《くちびる》を嚙《か》む。

そんな弱気を吐《は》きだす自分は、嫌《いや》だ。

「…………っ」

気付けば、痛《いた》みがなくなっていた。

右目は自然と閉《と》じていた。開けようとすると再《ふたた》び痛みが走る。リーリンは右目を押《お》さえながら立ち上がった。混乱《こんらん》がまだ残っている。立ち上がろうとするとグラグラと視界《しかい》が揺《ゆ》れた。だが、我慢《がまん》できない程度《ていど》ではない。リーリンは歯を嚙みしめて立ち上がった。ミィフィに、なにか飲み物を持っていくと言ったのだ。遅《おそ》くなれば心配させるかもしれない。いつもは元気な彼女も、メイシェンが倒《たお》れ、ナルキは戦場にいて疲《つか》れている。リーリンのことまでも心配させるわけにはいかない。

それは、グレンダンであっても変わらないリーリンの性格《せいかく》によるものだ。他人に心配させるということができない。小さい頃《ころ》から孤児院の年長に混《ま》ざって台所のことを手伝い、レイフォンが天剣授受者《てんけんじゅじゅしゃ》になった頃にはほぼ一人で台所を担当《たんとう》していた。この時期に姉や兄たちが一度に就職《しゅうしょく》や結婚《けっこん》の為《ため》にいなくなったからだが、リーリンは弱音を吐かなかった。

そういう性格なのだ。誰に強制《きょうせい》されたわけでもない。大変ではあったが苦しいとも思わなかった。兄や姉たちがしていたことを、ただ引き継《つ》いだだけなのだから。

リーリンは右目を押さえ、頼《たよ》りない足元を叱咤《しった》して戻《もど》ろうと決めた。開けられない右目にどう言い訳《わけ》したものか考えなくてはならない。

だが、それを考えるよりも先に、別の運命がリーリンの周囲を覆《おお》う。

「……え？」

最初、それはおぼつかない足元のための錯覚《さっかく》だと思った。硬《かた》い床《ゆか》のはずなのに、まるでゴムを踏《ふ》んだかのような粘《ねば》り気《け》のある弾力《だんりょく》が伝わってきた。

それでも一歩踏み出し、躓《つまず》きそうになって床を見る。

「……え？」

そこには、床があるはずだ。

だが、床がなかった。

いや、床はあるのだ。

ただ、リーリンがさっきまで見ていた床ではなかった。

「な、なに……？」

それは前衛《ぜんえい》的な芸術《げいじゅつ》のような床だった。

顔、顔、顔。

床中に顔が浮き上がっている。

隙間《すきま》なく、顔で埋《う》まっている。

表情《ひょうじょう》はなく、顔の形に個性《こせい》があるようには見えない。額《ひたい》と頬骨《ほおぼね》、閉《と》じた瞳《ひとみ》。唇《くちびる》や鼻の形がなんとなく男女をわけているぐらいしかわからない。

顔、顔、顔……

「なんなのよ」

気付けば、床だけでなく壁《かべ》も天井《てんじょう》も、全《すべ》てが顔に覆われている。

顔が、リーリンを囲んでいる。

突如《とつじょ》として変じた世界にリーリンは取り残された。

開かない右目、不可解《ふかかい》な記憶《きおく》、不安を呼《よ》ぶ境遇《きょうぐう》。一つの躓きが連鎖《れんさ》的に精神《せいしん》の均衡《きんこう》を奪《うば》っていく。

「なんなのよ!!」

動揺《どうよう》を怒《いか》りで塗《ぬ》り潰《つぶ》そうと、声を張《は》る。

その瞬間《しゅんかん》、空気が揺れた。

リーリンの目は、空間がまるで水のように波打つのを見た。

その揺れが一度は停滞《ていたい》した変化の後押《あとお》しをするように……顔が目を開けた。

「ひっ」

目が、一斉《いっせい》に開かれた目が動く。奇妙《きみょう》に際立《きわだ》つ白目の上で、瞳孔《どうこう》がぐるりと回る。

それらはなにかを求めるようにさ迷《まよ》い、そしてリーリンを見て止まった。

「……ミつケタ」

一斉に放たれたあやしい抑揚《よくよう》の声がリーリンを囲む。

「おオおヲヌオおお、ミつケタぞ。つヒに、ツいニ、ミツけたゾ」

「呪《のろ》イあレ、縛鎖《ばくさ》のスヱよ」

「滅《ホロ》ビアレ、ツきの影《かげ》ヨ」

「ワれラをカコうキョコウの支配者《しはいしゃ》ヨ」

「ノロわれヨ、のロワれヨ、ノロワレよ」

顔は合唱する。

おかしな抑揚で、奇怪《きかい》な韻律《いんりつ》で、怨嗟《えんさ》の声でリーリンを重囲する。

「なんなのよ……あなたたち、なんなのよ！」

恐怖《きょうふ》と混乱《こんらん》が声となって放たれる。だが、今度は空間が波打つこともなく、変化は訪《おとず》れない。疲労《ひろう》と混乱が呼《よ》んだ幻覚《げんかく》……そう思いたいが、肌身《はだみ》に染《し》み込《こ》む悪意がそれを許《ゆる》さない。

「おヲオおお……ワレらを虚構《きょこう》に戻《もど》ソウというか」

「そうハイかヌぞ、月の子よ」

「縛サが歪《ゆが》ミ、タダさセハしナい」

「ワレらが呪ヒにテ……」

「貴様《きさま》のタマしキ、暗こクの無間《むげん》にヲとさン」

悪意が注がれる。リーリンは頭を押さえた。右目を押さえた。再《ふたた》び、右目が痛《いた》み始める。

疼《うず》く痛みは鼓動《こどう》のようにリーリンを急《せ》き立てる。

恐怖《きょうふ》に、落としこむ。


「呪い、ですって？」

その声は背後《はいご》からした。

声は、ひっそりと笑っていた。だがその声にはあからさまなほどの侮蔑《ぶべつ》と嘲弄《ちょうろう》が混入されている。

「そんなものに頼《たよ》る。いつまでもいつまでも、変わりのない惰弱《だじゃく》さ。群《む》れて、腐《くさ》って、消えるしかない愚《おろ》かさ。愛《いと》おしいほどに愚劣極《ぐれつきわ》まりない連中ね」

リーリンは振《ふ》り返った。眼前《がんぜん》では無数の顔が「オお、ヲオ」と唸《うな》っている。その中であってもよく通る、透《す》き通った、しかしどこか艶《つや》の混《ま》じった声が、救いの主のように思えた。

振り返り、驚愕《きょうがく》した。

そこには、あの少女がいた。

夜色のドレスの、抜《ぬ》けるような肌《はだ》の少女がいた。

だが、違《ちが》った。

人形めいたものはなく、もっと生気を感じた。唇《くちびる》の端《はし》は嘲笑を現《あらわ》して引き伸《の》ばされ、瞳《ひとみ》はおかしそうに細められていた。

そして、同性《どうせい》のリーリンでさえ背筋《せすじ》が震《ふる》えるような色気があった。

違う。本能《ほんのう》が告げる。

ここにいるのは、リーリンの記憶《きおく》にある、そして先ほど見た少女ではない。

まったく別の、異質《いしつ》な存在《そんざい》だ。

少女がうるさげに手を振る。その手には仮面《かめん》が握《にぎ》られていた。獣《けもの》の顔に似《に》せた面だ。リーリンは、それをどこかで見たことがあるような気がしたが、しかし思い出せなかった。

ただ、その手の振りで、リーリンの周りから音が消えた。周りを確《たし》かめれば、無数の顔はいまだに唇を開け、顔全体を震《ふる》わせてなにかを叫《さけ》んでいるかのように見える。

だけど、リーリンの耳にはなにも聞こえなかった。

「叫ぶばかりの能なし」

少女の口から紡《つむ》がれた声が聞こえ、リーリンはほっとした。異常《いじょう》だらけの中でも、自身の感覚が正常であることを確認《かくにん》できるのは、精神《せいしん》の安定を呼ぶ。

少女の言葉は続く。

「でも、そんな能なしまでも顔を出せるとなると、そうとう弱っていると考えるべきかしら？」

少女の言葉は、独《ひと》り言《ごと》だった。だが、声が一つ空気を震わせるごとに、リーリンは落ち着かない気分になった。意識《いしき》が暖《あたた》かい場所に持っていかれそうになった。なにもかもがどうでもよく、全《すべ》てをこの少女に任《まか》せてしまっていいのではないかと思うようになる。ただ、少女の言葉通りに動いていればいいのではないか……そういう気分になってしまうのだ。

こんな、異常な状況《じょうきょう》だというのに。

はっとして、リーリンは頭を振った。右目の痛みが正気に返してくれたようだ。

そんなリーリンを、少女は見ていた。

見つめて、おかしそうに微笑《ほほえ》んだ。

「あら、耐《た》えたの？　一応《いちおう》は末なのね。まぁでも、そういうものなのかも。一応どころか、あなたこそが正統《せいとう》なのかもしれないわね」

「一体、なにが、どうして……？」

微笑まれ、声をかけられ、リーリンはまた陶然《とうぜん》となりそうだった。それをこらえて、尋《たず》ねる。

この少女は、いまリーリンの周りで起きていることを正確《せいかく》に理解《りかい》している。そう思えたのだ。

「目の前にあるものだけが、現実《げんじつ》ではないという話。ただそれだけのこと」

少女はつまらなそうにそう言った。手にある仮面を弄《いじ》りながらの言葉だった。

「それは……」

しかし、リーリンには、その少女のつまらなそうな部分に大事な物が隠《かく》されているような気がした。

そんなリーリンを見て、少女はまた微笑んだ。悪い顔だと思った。子どもが、悪戯《いたずら》を思いついたような、無邪気《むじゃき》な笑みだ。だが、この少女がそれを浮《う》かべると、その無邪気さに残酷《ざんこく》なものが混《ま》じっているような気さえした。

「もう、遅《おそ》いわ。あなたはなにもできないもの。あなたがあなたである前から、なにもできないことは決まっていたもの。そういう流れの中で、この世界はできてしまっているもの。なにもできなかったからこの世界はできて、そしてやっぱり、なにもできなかったからこの世界はこうなってしまうのだもの。全《すべ》てが自動的に順通りで、誰《だれ》にも逆転《ぎゃくてん》なんてできやしない。わからないのは最後の最後だけ」

少女が言っていることが、リーリンには少しも理解できなかった。

だが、不吉《ふきっ》な予感だけは募《つの》っていく。

「なにが起こるの？」

なにかが起こるのだ。これから、なにかとんでもないことが起こる。

少女が言いたいことだけは理解できる。いや、理解したくなくとも胸《むね》に溜《た》まっていく不吉さがそれを示唆《しさ》している。

「見ていればわかるわ。それに、あなたはもう始めるしかない。言ったでしょう？　あなたにはなにもできないって……」

少女の仮面を持っていない手がリーリンの頬《ほお》を撫《な》でる。絹《きぬ》のように滑《なめ》らかな指先、そして、ぞっとするほど冷たかった。

「忌々《いまいま》しいことだけれど、偽物《にせもの》の影《かげ》を得てわたしは眠《ねむ》りから覚めた。それは始まりの鐘《かね》が鳴ったということ。空で見守るあの弱虫が限界《げんかい》に近づいたということ。いずれ来る解放《かいほう》のための戦いを始めないといけないということ」

呟《つぶや》きながら、少女の指がリーリンの皮膚《ひふ》に食《く》い込《こ》む。痛《いた》くはない。だが、その細指に似《に》合《あ》わない、有無《うむ》を言わせない力があった。

あの顔の群《む》れに目を向けさせられる。

少女の指が、閉《と》じたままの右目にかかる。

「さあ、知らせなさい。知らしめなさい。やり直しの戦いが始まると、お前たち腑抜《ふぬ》けどもを今度こそ滅《ほろ》ぼす戦いが起きるということを、流されるしかない愚者《ぐしゃ》たちに、イグナシスに、リグザリオに」

イグナシス。

リグザリオ。

どこかで、その名前を聞いた。

リグザリオ…………機関？

「あっ……」

思い出したのと、少女の指が右目を開けさせたのと、それは同時だった。

†

気が付くと、シャーニッドの顔があった。

「目が覚めたか」

シャーニッドらしくない安堵《あんど》の表情《ひょうじょう》に、ニーナは顔をしかめた。

「なんだ……？　わたしは……なにが？」

自分の状況が理解できない。

「たしか……」

防衛線《ぼうえいせん》を突破《とっぱ》した幼生体《ようせいたい》を追い、そして撃退《げきたい》した。そこまでは覚えている。腕《うで》が痛い。無理をして雷迅《らいじん》を使った結果だ。それも覚えている。

その後……どうした？

「状況は？」

立ち上がって、尋ねる。シャーニッドは肩《かた》をすくめ、そして空を見た。

「よくわかんねぇ。だが、とりあえずの危機《きき》は去ったみたいだぜ」

彼を追って空を見上げると、確《たし》かに、空にいた雄性《ゆうせい》体の姿《すがた》がない。

「なにが？」

「わかんねぇって。ただ、なんか変な光が走り回って、それで汚染獣《おせんじゅう》をぶっ倒《たお》しちまった」

シャーニッドの説明も要領《ようりょう》を得ない。ニーナはぼやける頭を振った。そうすると、全身の筋肉《きんにく》が悲鳴を上げた。

「どうした？」

痛《いた》みをこらえた様子のニーナにシャーニッドが気付く。

「いや……少し無理をしたか？」

腕の痛みは理解できるが、全身の筋肉痛《きんにくつう》は記憶《きおく》になかった。だが、これまでの乱戦《らんせん》連戦を考えれば、気付かないままにこうなっていたとしてもおかしくない。

「お前の無理が少しだったことがあるか？」

シャーニッドもそう言って呆《あき》れた顔をした。

「とにかく、目の前のごたごたは片付《かたづ》いた。戻《もど》ろうぜ」

「……そうだな」

シャーニッドに手を貸《か》してもらい、ニーナは立ち上がる。

「終わったのか？」

ぼんやりと呟いた。ファルニールとの都市戦から、ほんの三、四日のことだったというのにとても長く戦っていたような気がする。終わったということが信じられない。実はまだ、どこかに騒動《そうどう》の火種が眠《ねむ》っているのではないか？　それはニーナたちの目に見えないところで大火になろうと燻《くすぶ》っているのではないか？　そんな不安がよぎる。

「ああ、終わった。……レイフォンのところは知らねぇが、それは信じるしかないだろ？」

「そうだな」

そうだ。レイフォンはまだ老生体と戦っているのだろうか？　無事に倒せたのだろうか？

怪我《けが》はしていないだろうか？

そう考えるとまた落ち着かない。

「フェリちゃんはレイフォンに集中しているのか、こっちにはまるで声もかけてこない。知るには会長にでも聞くしかないかな」

シャーニッドがそう呟き、そしていつもどおりに緩《ゆる》くなり始めた顔で隣《となり》を歩いている。

ニーナもそうするしかないと考えた。考えると、自分のことは忘《わす》れて会長がいるだろう、地下会議室を目指したくなる。

「おいおい、その前に医者だって……」

呆れたシャーニッドの目がなにかを察して動いた。

ニーナも戦場の余韻《よいん》で静まった都市の中でそれを感じた。

この気配は二度目だ。

「おい、使えるか？」

シャーニッドがそう聞いてきた。その手はすでに剣帯《けんたい》に収《おさ》められていた錬金鋼《ダイト》にかかっている。

「使えなくもない」

ニーナも剣帯に手を伸ばす。筋肉痛は無視《むし》できても、右の手首の痛みは難《むずか》しい。

「ったく、なんの目的《の》……って、ああそうか」

ぼやきが納得《なっとく》に変化していく。聞いているニーナもまた、こんな時にと思った。

いや、こんな時だからこそ、こいつらは動くのか。

サリンバン教導傭兵団《きょうどうようへいだん》は。

一斉《いっせい》に殺到《さっけい》が解《と》けた。こちらが気付いたことに、向こうも気付いたのだろう。戦闘《せんとう》が収《しゅう》束《そく》した後の、気が抜《ぬ》ける瞬間《しゅんかん》を狙《ねら》ったのだろうが、その目論見《もくろみ》は気配を殺すことにかけてはこのツェルニでも並《なら》ぶ者のいないシャーニッドがともにいたことと、ニーナの勘《かん》が妙《みょう》に鋭《するど》くなっていることで外れることになった。

だが、それでも向こうは練達の武芸者《ぶげいしゃ》たちだ。

周囲の建物から空気が破裂《はれつ》するように気配が迫《せま》ってくる。目に見える人数は十数名と少ない。他の連中はどこだ？

退《しりぞ》くか？　抗《あらが》うか？

瞬間、ニーナは迷《まよ》った。迷いながらシャーニッドとともに錬金鋼《ダイト》を復元《ふくげん》する。

復元の光が二人の間で跳《は》ね散る。それを呑《の》みこむほどの光がニーナたちを取り囲むようにして起こった。

鮮烈《せんれつ》な紫電《しでん》の輝《かがや》き。爆音《ばくおん》がその後で連鎖《れんさ》する。

念威爆雷《ねんいばくらい》だ。

「退《ど》けっ！」

鋭い声はカリアンだ。

ニーナたちは爆発のない背後に向かって思い切り跳《と》んだ。そこには傭兵たちは回り込んでいなかった。勢《いきお》い任《まか》せの跳躍《ちょうやく》の着地点に念威端子《ねんいたんし》が一つ浮《う》かんでいた。シャーニッドがそれを摑《つか》む。

（そのまま、シェルターの3B入口まで行ってください。三十秒後に少しだけ開けるそうです）

「フェリっ！」

ニーナは叫《さけ》んだ。レイフォンのサポートに専念《せんねん》していると思っていたのに。

（こちらは忙《いそが》しいので、余計《よけい》な会話をしている暇《ひま》はありません）

それだけで端子からの反応《はんのう》は消える。背後《はいご》では念威爆雷の爆発が続く。これはフェリがしているのか、それとも他の念威繰者《ねんいそうしゃ》か？　区別する方法もなく、ニーナたちは走った。正確《せいかく》に三十秒後に指示《しじ》された場所に辿《たど》り着く。目指す先の道路が駆動音《くどうおん》を響《ひび》かせて割《わ》れて傾斜《けいしゃ》し、細い隙間《すきま》ができている。背後からは念威爆雷をくぐり抜けた気配が近づいてくる。二人はその隙間めがけて滑《すべ》り込《こ》んだ。紫電の爆発が隙間を埋《う》めるように閃《ひらめ》く。

頭上での爆風に押されながら、傾斜の緩い坂を滑る。狭《せま》い中をいく恐怖《きょうふ》は一瞬、ニーナたちはシェルターの入り口に投げ出されるようにして辿り着いた。

わずかに開いていたそこにまたも体をねじ込ませる。ニーナの体よりもさらに分厚《ぶあつ》いシェルターの扉《とびら》をくぐり抜けると、そこにはカリアンが立っていた。

背後で、扉が重い機械音を響《ひび》かせて閉《し》まる。

「無事でなにより」

「会長、どうなっている？」

先輩《せんぱい》に対する礼儀《れいぎ》を一瞬忘《わす》れた。カリアンはこの状況《じょうきょう》でも涼《すず》しい顔をしてニーナたちを見る。

「君が理解《りかい》できないとは思えないが？」

ニーナはそれでなにも言えなくなった。我《わ》が身のどこかで眠《ねむ》る廃貴族《はいきぞく》に関係することだというのはもうわかっている。

「他の連中は無事なんだろうな？　おれらだけ逃《に》げて、他の連中を人質《ひとじち》に取られましたじゃ、話にならんぜ」

ニーナが詰《つ》まったところでシャーニッドが口を挟《はさ》んだ。

「状況が落ち着いたのを確認《かくにん》して、順次シェルターに避難《ひなん》させている。だが、籠《こも》っていても解決《かいけつ》はしないが……」

「ま、な……学生武芸者《おれたち》だって人数でかかればこれぐらいのシェルターはぶっ壊《こわ》せる。そんなに時間は稼《かせ》げやしねぇ。となると、態勢《たいせい》を整えて、どっかで逆襲《ぎゃくしゅう》しねぇと」

「廃貴族を引《ひ》き渡《わた》せれば、手っ取り早いのだがね」

カリアンの目はニーナから離《はな》れない。

ニーナの身の内に廃貴族があることは明白だ。

我知《われし》らず、自分の胸《むね》に手を当てる。

違和《いわ》感があった。

それは疲労《ひろう》や怪我からくるものなのか、うまく状況を摑《つか》めないが、なにかが変わっているように感じた。

「さて、そろそろ、どういう状況になっているのか詳《くわ》しい説明を求めたいのだが？」

カリアンの問いが遠くに聞こえる。ニーナは自分の内部に意識《いしき》を集中していた。あやふやな記憶《きおく》。何者かに倒《たお》された雄性体《ゆうせいたい》。

「さきほどの雄性体を退治《たいじ》した青い光。あれは君なのか？」

青い光……

微《かす》かな記憶が頭の裏側《うらがわ》を刺激《しげき》する。もどかしい感触《かんしょく》に手は頭に移動《いどう》する。

空を見上げていた。灰色《はいいろ》の汚《よご》れた空で翅《はね》を広げる雄性体たちを見た。自らの無力を痛感した。ツェルニに入学してから、それを痛感しなかった時はない。痛感し、克服《こくふく》し、そしてまた痛感する。武芸者《ぶげいしゃ》の前に立ちはだかる、あまりにもはっきりとした壁《かべ》。世界の残酷《ざんこく》さの前に立ちはだからなければならない武芸者たち。失敗は許《ゆる》されない。それは多くの人間の死を意味する。都市の滅亡《めつぼう》を意味するかもしれない。自分の失敗がそんな運命を呼《よ》ぶことになるかもしれない。

恐怖《きょうふ》を初めて感じたような気がする。レイフォンとの約束を守れないかもしれないことに、恐《おそ》れと申《もう》し訳《わけ》なさと惨《みじ》めさで覆《おお》い尽《つ》くされていたはずだ。

その時、その後……

なにかがあった。あったはずだ。

思い出せない。誰《だれ》かに語りかけられたような気がする。昔を思い出していたような気がする。ツェルニのような姿《すがた》さえ得られなかった、あの電子精霊《せいれい》のことを思い出したような気がする。

全《すべ》てが曖昧《あいまい》の中で、なにかが動いた。なにかに覆われた。

その先が、まるで思い出せない。

そして……そうだ。

「まさか……」

「どうしたかね？」

この違和感の正体がわかった。助けたはずの電子精霊に助けられた時の感覚、レイフォンが大けがをした時の感覚……なにかを失ったと感じた時の感覚。

「廃貴族が……いない？」

自分の中に、存在《そんざい》が感じられないのだ。

「なんだって……？」

カリアンも、そしてシャーニッドも顔をしかめている。目が説明を求めている。だが、ニーナにだってどう言えばいいのかわからない。気を失うまではいたような気がする。そして、気がついた時にはいなかった。

それならば、気を失った時になにかがあったということだ。

だが、一体、なにがあった？

†

その男は都市の足にいた。都市を囲んで伸《の》びる無数の鉄柱の上にいた。

いつからいたのか？

彼の存在《そんざい》に気付いたものはいない。戦場の余韻《よいん》が都市に流れている。それは静かに消え去ろうとしている。放散され続けていた熱が源《みなもと》を失ったかのような、空気が冷却《れいきゃく》に向かう過程《かてい》の虚脱《きょだつ》感が傷《きず》だらけの都市に充満《じゅうまん》している。

だが、その陰《かげ》で動く者がいる。

廃貴族《はいきぞく》を狙《ねら》うサリンバン教導傭兵団《きょうどうようへいだん》。

グレンダンの放った猟犬《りょうけん》たち。

だが、彼らが目的のものを手に入れることはあるまい。あの娘《むすめ》から零《こぼ》れおちた廃貴族は、彼らには手の届《とど》かない存在の下へと転がって行ってしまった。

「計算外だな。まさか目覚めるとは」

男は呟《つぶや》いた。

その顔は……わからない。

見ようと思えば見られるのだが、視線《しせん》を外した瞬間《しゅんかん》にどんな顔だったのかを忘《わす》れてしまう。特徴《とくちょう》がまるでないからそうなるのか。だがそれならば『特徴のない顔』という印象が残っていてもおかしくないはずなのだが。

「あの異分子《いぶんし》のために力を使い切ったと思ったが、影《かげ》のためか？　あるいはそれこそが運命の始まりということか……」

顔はわからない。だが、服装《ふくそう》はわかる。普通《ふつう》の都市であればそれほど目立つことのないスーツ姿だが、学生ばかりのツェルニの中では逆《ぎゃく》に際立《きわだ》つ。

そう、ファルニールとともに学連の派遣員《はけんいん》として現《あらわ》れた男。

サヴァリスと接触《せっしょく》した男。

そして、ニーナの中の廃貴族を目覚めさせた男。

男は、静かに自らの手を顔に当てる。次の時には顔は仮面《かめん》に覆《おお》われていた。ニーナと同じ仮面。だが、青い光は零《こぼ》れ出さない。

だが、これこそがこの仮面の真の姿でもある。

獣《けもの》の面。

そして何者でもないということの証《あかし》でもある。

狼面衆《ろうめんしゅう》。

「ならばいまこそ始められるはずだ。束縛《そくばく》より放たれる刻《とき》が来たということだ」

男は呟く。

そして、スーツの内側から錬金鋼《ダイト》を取り出す。

復元《ふくげん》する。

それは、長大な杖《つえ》となった。先端《せんたん》に巨大《きょだい》な飾《かざ》りのある錫杖《しゃくじょう》となった。

シャン、と鳴った。

「世界の影、月の影、そして闇《やみ》が集《つど》った。影は本体へと続く」

その瞬間、男の纏《まと》ったスーツが解《と》けて、消えさり、新たな姿を得る。全身を覆う黒。彼らの衣装《いしょう》だ。

シャン、と鳴る。

「影には影が引きずられる。だが、影は本体へと続く」

シャン、と鳴る。

そこにいたのは、もはやこの男一人だけではなかった。都市の足、エアフィルターの噴《ふん》出口《しゅっこう》を囲むように、同じ仮面の者たちが立っている。揃《そろ》っている。集っている。

「ここより始め、そして宿命へと至《いた》る。束縛からの解放。真なる世界への解放。旅立ちの刻が始まる。無間《むげん》の槍衾《やりぶすま》を抜けた先へと出《い》でる」

シャンと鳴る。

「聖剣よ、その眷属《けんぞく》よ」

シャン……と、音が空に解《と》き放《はな》たれる。

全《すべ》ての、錫杖を持つこの男以外の全ての狼面の者たちが空を見上げる。

「地に放たれたフェイスマンシステムはいま、その役を終える。茨《いばら》の囲いを突《つ》き破《やぶ》り。その姿を現す刻……」

シャン、と鳴る。

音は吸《す》い込《こ》まれていく。空に、戦塵《せんじん》で汚《よご》れた空に解き放たれる。灰色《はいいろ》の空。霞《かす》んだ空。

微《かす》かな渦《うず》が、現れた。

それは、微細《びさい》にだが七色に輝《かがや》いていた。

そして、狼面の者たちが。都市から都市へ渡《わた》り歩き、なにかを求め、蠢動《しゅんどう》し、そしてディックと人知れぬ戦いを繰《く》り広げていた者たちが……

解けていく。

溶《と》けていく。

頭の先から粒子《りゅうし》となって、光の粒《つぶ》となって、七色を放って、解けていく、形を崩《くず》していく。

「聖剣よ。ナノセルロイドよ。創《つく》られし人形たちよ」

自らの身を崩しながら、錫杖の狼面は呟《つぶや》き続ける。

「我《われ》らがオーロラ粒子、存在《そんざい》力を以《もっ》て月からの道を開かん」

消える。狼面の者たちが、次々と。

頭が失《う》せ、腕《うで》が失せ、胴《どう》が失せ、足が失せる。

残るのは螺《ら》旋《せん》を描《えが》いて空へと昇《のぼ》る七色の粒子。そしてそれを導《みちび》くかのように差し上げられた錫杖のみ。

「聖剣、忠実《ちゆうじつ》なる破《は》壊者《かいしや》たち、破滅《はめつ》を呼《よ》ぶ炎《ほのお》の杖……最終戦争を打ち砕《くだ》く魔《ま》王《おう》の剣」

遂《つい》にはその錫杖すらも形を失っていき……

「いまが刻ぞ」

消滅《しようめつ》する。

全てが消える。

螺旋を描く七色の粒子も空に消え、
なにもかもが、彼らが存在した痕跡《こんせき》の全てが消滅し、
そして、空に大穴《おおあな》が開いた。

ランドローラーは走る。水温計が上に近い位置でゆらゆらと揺《ゆ》れている。タイヤの熱が足に伝わってくる。最悪の場合は乗り捨《す》てて自分の足で走ることも考えなくてはならない。ランドローラー以上の速度を出すことは可能《かのう》だが、ツェルニに辿《たど》り着くまでに体力が尽《つ》きるかもしれない。

そうなる前に……

衝剄《しょうけい》の乱射《らんしゃ》が迫《せま》る。

前を走るサヴァリスからの牽制《けんせい》を、レイフォンは刀で捌《さば》く。

器用に足でアクセルを固定したまま、サヴァリスはランドローラーの上に立ち、こちらと相対している。

レイフォンは衝剄の応射《おうしゃ》をした。

放った衝剄を、サヴァリスは衝剄で迎《むか》え撃《う》つ。

爆発《ばくはつ》が交錯《こうさく》する。

次の瞬間《しゅんかん》、爆煙《ばくえん》を裂《さ》いてサヴァリスが眼前《がんぜん》に現《あらわ》れた。ヘルメット越《ご》しの表情《ひょうじょう》が見える。

歓喜《かんき》に歪《ゆが》む瞳《ひとみ》がレイフォンを突《つ》き刺《さ》した。

左拳《ひだりこぶし》。

すんで避《よ》ける。ヘルメットに衝撃。突風《とっぷう》が体を揺する。ひるむことなく簡易型複合錬金鋼《シム・アダマンダイト》を振《ふ》り上げる。だが、サヴァリスは突進《とっしん》の勢《いきお》いのままにレイフォンの横を抜《ぬ》ける。

ランドローラーが激《はげ》しく揺れて減速《げんそく》。サヴァリスは体をひねらせ、痛《いた》めた右拳で車体の後部を掴《つか》んでいた。

そこを支点《してん》に横に回転。回し蹴《げ》りが襲《おそ》いかかる。

レイフォンも跳《と》ぶ。サヴァリスが追いかける。

空中で拳と刃《やいば》が衝突する。打撃と斬撃《ざんげき》が衝突する。大気が破裂《はれつ》し、火花が舞《ま》う。サヴァリスはレイフォンのランドローラーを破壊《はかい》する隙《すき》を窺《うかが》っている。同じようにレイフォンも、自走を続けるサヴァリスのランドローラーに衝剄を飛ばす隙を探《さぐ》る。両者ともに相手にそうはさせまいと激しい牽制の一撃を放つ。

ランドローラーに着地。浸透《しんとう》破壊をさせまいとレイフォンは足払《あしばら》いをしかける。サヴァリスが回避《かいひ》と連動した宙返《ちゅうがえ》り、蹴りが顎《あご》を狙《ねら》う。それを左腕《ひだりうで》で払《はら》い、刀で突《つ》く。サヴァリスの異常《いじょう》なまでの反射神経《はんしゃしんけい》と身体能力《のうりょく》は、こんな近距離《きんきょり》での突きにまで対応《たいおう》する。縦回転《たてかいてん》が瞬時に横回転に変化。後頭部に殺気。頭を下げる。蹴りが駆け抜けていく。

当たり前の話だ。天剣授受者《てんけんじゆじゆしや》というだけでなく、素手《すで》、肉弾《にくだん》による超至近距離《ちようしきんきより》での戦いこそが彼の本領《ほんりよう》。敵《てき》が武器《ぶき》を持っていることが当たり前、敵の間合いの内で戦うのも当たり前。

ランドローラーの上で、あるいはその上空で、レイフォンとサヴァリスは超絶《ちようぜつ》の体技《たいぎ》を駆使《くし》しあう。

ハンドルの上に立つサヴァリスに横薙《よこな》ぎの一閃《いっせん》。彼は跳躍《ちようやく》し、自らのランドローラーに戻《もど》る。追撃の閃断《せんだん》を飛ばす。

それを左拳で弾《はじ》き、さらに衝剄を飛ばす。

それは、牽制と呼《よ》ぶには巨大《きよだい》すぎる剄だった。レイフォンに向けて放てばランドローラーごと破砕《はさい》することも可能だったろう。もちろん、レイフォンもただでそれを受けることはなかったが。

レイフォンにではない。

サヴァリスは、巨大な衝剄を左に放った。

反動で跳躍の軌道《きどう》がそれる。一度地面に着地して、再度《さいど》跳び、ランドローラーに戻る。

そして衝剄が、はるか彼方《かなた》で爆発音を上げた。

爆発の先には乾《かわ》いた丘陵《きゆうりよう》があった。風雨にさらされて滑《なめ》らかな表面を保《たも》っていたそれが爆発した。その丘陵という形を整えていたなにかが、爆発で決定的に破壊された。地響《じひび》きが起こる。不吉《ふきつ》な予感がレイフォンを襲う。

次の瞬間、巨大な土砂崩《どしゃくず》れがレイフォンたちを、レイフォンのみならずサヴァリスをも呑《の》み込《こ》まんと襲いかかった。


「正気ですか？」

フェルマウスの機械音声は感情《かんじょう》を言葉に乗せることはない。だが、そこに非難《ひなん》や驚《おどろ》きが混《ま》じっていることはサヴァリスにだってわかる。

サヴァリスは渦《うず》を巻《ま》く土煙《つちけむり》をひきつれて迫る土砂崩れを眺《なが》めて笑った。

「観客に面白《おもしろ》いと思われないのは心外ですねぇ」

ほんとうに心外だ。都市外での対人戦闘《せんとう》などどんな都市でも体験できないことではないか？　それとも傭兵《ようへい》はそんな戦いも経験《けいけん》しているのだろうか？　だというのならば、倒《たお》しがいのある汚染獣《おせんじゆう》や武芸者《ぶげいしゃ》がたくさんいるのならばという条件《じょうけん》も加えて、傭兵になってみるのもいいかもしれない。

「あの土砂崩れは、あなたも呑み込みます」

「ええ、わかってますよ」

なるほど。正気を疑《うたが》われたのはこれが原因《げんいん》か。

「でも、僕《ぼく》だけ無事というのは不公平でしょう？」

「…………」

絶句《ぜっく》の気配のみが伝わってくる。

「それに、僕だけ無事だったら、彼はランドローラーを捨《す》てて僕のを奪《うば》いに来るかもしれませんしね」

あるいは、破壊しに来るか。

死なばもろともではないが、サヴァリスが先にツェルニに辿《たど》り着くという状況《じょうきょう》を防《ふせ》ぐためならばそれぐらいはするだろう。

「それよりも、そちらはどうですか？　取れましたか？」

「……失敗しました」

「おやおや。例の娘《むすめ》は監視《かんし》していたのでしょう？」

「……あなたは、知っていらしたのですか？」

土砂はすぐそばまで迫《せま》っている。長話はできない。フェルマウスの沈黙《ちんもく》は短かった。

「そういう約束をしたからね」

「約束とは……？」

「知らない方が幸せだよ」

言い切ると、サヴァリスはハンドルを握《にぎ》って立ち上がった。轟音《ごうおん》が耳をふさぐ。フェルマウスがなにか言ったかもしれない。聞こうと思えば聞けたが、それよりも目の前の難関《なんかん》に躍《おど》る心を抑《おさ》えられない。

「なにもかもを知ってしまえば、君はきっと望まない生を生きることになる。断片《だんぺん》しか知らない僕だってそう思う。僕にとっては望むところだけれ、ど！」

勢《いきお》いを付けて車体を持ち上げる。タイヤの下を土砂が滑《すべ》っていく。着地、車体が揺《ゆ》れる。

アクセルは捻《ひね》ったまま、バランス感覚で圧砕《あっさい》の波に乗る。

背後《はいご》でレイフォンも同じようにしている。殺気が背中《せなか》を刺激《しげき》する。

わくわくする。

とてもとてもわくわくして、胸《むね》が躍り、それを止められない。

「ははっ！」

サヴァリスの短い笑い声は、轟音の中に呑み込まれた。

†

その時、ミィフィはとても落ち着きのない気持ちになっていた。

メイシェンがシェルター生活の心労で倒れ、病室に運びこまれた。いまも眠《ねむ》る幼《おさな》なじみのそばで様子を見ているのだが、一緒《いっしょ》にやってきていたリーリンがいなくなったのに気付いたのは、しばらくしてからだった。

（たしか、飲み物がなんとか……って言ってたよね？）

彼女がなんと言ったのか、正確《せいかく》に思い出せない。自分も疲《つか》れているのだろう。情《なさ》けないなと髪《かみ》をかきまわす。

（でも、飲み物を取りに行ったにしては遅《おそ》すぎない？）

よく思い出せないにしても、それなりに時間が過《す》ぎているような気はする。時計を確認《かくにん》してその漠然《ばくぜん》とした感覚を後押《あとお》ししてもらう。倒れた時の時間も正確に覚えていないが、やはりかなり過ぎているはずだ。

（なにか、急用でもできたかな？）

しかし、それだったら彼女の性格《せいかく》からしてミィフィになにかを告げてからその急用に向かうのではないだろうか？

（変だ）

もやもやとしたものに理屈《りくつ》を付けて、やっと言葉にすることができた。ミィフィはメイシェンを見る。起きる様子はない。こんな状態《じょうたい》だ。起きた時にミィフィがいなかったら寂《さび》しいだろう。起きないのなら……思い切りを付けて、ミィフィは立ち上がった。

「おい、どうした？」

そこで待ち望んでいた声が聞こえた。

「ナッキ！」

病室だということを忘《わす》れて、ミィフィは大声を上げて振《ふ》り返る。そして、赤髪の幼なじみの様子に目を見張《みは》った。

ナルキは包帯まみれだった。戦闘衣《せんとうい》を脱《ぬ》いで制服《せいふく》になっているし、戦塵《せんじん》や血に汚《よご》れているというわけではないが、包帯は隠《かく》しようもない。額《ひたい》と左目が包帯に隠れ、右腕なんて吊《つ》るされている。

足首や膝《ひざ》もテーピングが巻《ま》かれている。

「あ、ああ……これか？　見た目ほどにはひどくない」

そう言ってナルキは笑うが、ミィフィは硬直《こうちょく》したまま動けなかった。

「体の方は治療機《ちりょうき》にでも浸《つ》かってればすぐに治るんだがな、問題は剄脈疲労《けいみゃくひろう》の方だ。すぐの復帰《ふっき》が難《むずか》しいから、後回しにされてる」

剄脈疲労と聞いて、ミィフィはニーナを思い出した。そういえば、あの人もそんな名前の症状《しょうじょう》で倒れたことがある。

「大丈夫《だいじょうぶ》なの？」

「正直、こんなのより筋肉痛《きんにくつう》の方がきつい」

笑《え》みをひきつらせたナルキを見て、ミィフィはようやく気分を落ち着かせることができた。

「それで、メイが倒れたんだって？」

「うん……あっ」

寝《ね》たままの幼なじみのことを説明しようとして、ミィフィは立ち上がった理由を思い出した。

「ナッキ、ちょっとメイっち見てて」

「ん？ どうした？」

首を傾《かし》げるナルキに、リーリンのことを説明する。彼女のことは、この幼なじみも知っている。すぐに表情《ひようじよう》を曇《くも》らせた。

「それはおかしいな。よし、あたしも行こう」

「え？ でも……」

「不埒《ふらち》な一般人程度《いっぱんじんていど》なら、なんとかなる」

メイシェンを見る。まだ目覚める様子はなさそうだ。

「行くぞ」

「あ、うん」

逡巡《しゅんじゅん》するミィフィの背中を押《お》すように、ナルキは先に行ってしまった。

慌《あわ》てて追いかける。だがその足取りは落ち着きのない天秤《てんびん》のようにふらふらとしている。

幼なじみも大事だが、新しく知りあった友人も大事だ。

一人は寝ているだけだが、一人はどこに行ったのかもわからない。

（うん、行かないといけない）

ようやく心を決め直し、ミィフィは本格的《ほんかく》にナルキを追いかけた。

だが、捜索《そうさく》はあまりにもあっさりと終わった。

「あ、リーリン」

曲がり角から、不意に目的の人物が顔を出したのだ。

「あ……二人とも」

リーリンも驚《おどろ》いた顔でこちらを見る。その表情が精彩《せいさい》を欠いているように見えたが、それもこんな状況《じょうきょう》ではしかたがないのかもしれない。シェルターにいる誰《だれ》もが不景気な顔をしているのだ。一番しっかりしていそうなリーリンだって、顔色ぐらいは悪くなる。

でも……

ミィフィは内心で疑問《ぎもん》を浮《う》かべた。

(メイっちが倒れた時は、どうだったろう?)

「ナルキ、大丈夫なの?」

リーリンは久《ひさ》しぶりに顔を見たナルキの様子に目を丸くしている。

「ああ。それよりも、リーリンこそなにしてたんだ?」

「ちょっと落ち着かなかったから散歩してたの。ごめんね、飲み物持っていくって言ったのに」

「あ、ううん。大丈夫」

首を振《ふ》りながら、やはりミィフィは疑問が解《と》けなかった。メイシェンが倒れるまでは、リーリンはそれほど顔色が悪かったようには、やはり思えない。むしろ、どんどん元気を失っていくミィフィやメイシェンを励《はげ》ましていたのは彼女なのだ。

(なにかあった?)

そう考えるべきなのか。

「ところで、なにか面白《おもしろ》いことはあった?」

そう言うと、ミィフィはリーリンの現《あらわ》れた曲がり角の向こうを見た。だが、そこにはまっすぐな通路しかなく、しかもその先は閉《と》じられている。最低限《さいていげん》の照明しかないその場所は薄暗《うすぐら》く。薄気味悪いだけでなにもありそうにはなかった。

リーリンはすでにナルキとともに戻《もど》ろうとしている。幼なじみの包帯姿《ほうたいすがた》を気にする姿はいつもの彼女だ。

「…………？」

なにか納得《なっとく》しきれず、ミィフィは首を傾《かし》げた。

ナルキの姿に驚《おどろ》きながら、リーリンは背後《はいご》のミィフィの反応《はんのう》を窺《うかが》っていた。

（気付かない……？）

なかば予想はしていた。だが、それが現実《げんじつ》となると話は別だ。

ミィフィには、あそこに広がる惨状《さんじょう》が見えてないのだ。

なくなったわけではない。歩き出す前、ミィフィが覗《のぞ》く少し前に自分でも視線《しせん》をやって確認《かくにん》した。あれはまだあの場所に残っていた。だというのに彼女は気付かない。

（あれは、普通《ふつう》の人には見えない？）

つまり、そういうことだ。

マイアスでもそうだった。小鳥の姿をした電子精霊《せいれい》がなにかに囚《とら》われていたというのに、そばにいたサヴァリスにはそれがわからなかった。

なぜそんなことになるのか、まだよくわからない。

なにより、リーリンはマイアスでのことをいままで忘《わす》れていた。あの場所でニーナに出会っていたということも含《ふく》めて、全《すべ》てを忘れていた。

そして、あの時にあの夜色の少女に会っていたということも。

（あの子は……なんなの？）

まったく同じ姿をした、二人の少女。マイアスで見たそれと、さきほど出会った少女とはまったく別人だ。

そして、リーリンにあんなことをさせた。

させた……？

（あれは、本当に……）

自分でやったことなのか、それともあの少女の不可思議《ふかしぎ》ななにかなのか。

ミィフィが見る前に確認した。その時にも確《たし》かに残っていた。だけど、彼女はそれに気付くことはなかった。もしかして幻覚《げんかく》ではないだろうか？　一縷《いちる》の望みをそんな言葉にかけてみたい。だけど、幻《まぼろし》としか思えないようなあんな出来事を、リーリンは現実《げんじつ》のものとして納得《なっとく》してもいる。だが、その納得が誰《だれ》かに強制《きょうせい》されたもののように思え、こんなにも惑《まど》っている。

「どうかしたか？」

「ううん、なんでもない」

一瞬《いっしゅん》だけ、不安が顔に出た。ナルキはそれを見逃《みのが》さない。すぐに表情を立て直したけれど、疑念《ぎねん》を持たれたかもしれない。ミィフィだっておかしいと感じている節がある。

これ以上、気付かせてはいけない。

（こんな、異常《いじょう》なこと……）

思い出す。思い出したくないけど思い出してしまう。

あの場所に転がっているモノ。

無数にあった顔ではない。それは消滅《しょうめつ》した。微塵《みじん》も残さずに消え去った。あの少女の手がリーリンの顔に伸《の》び、そして痛《いた》くてたまらなかった右目を押《お》しあけた時に、全て消え失《う》せてしまった。

リーリンの右目に見られることによっていなくなってしまったのだ。

代わりのものを置いて。

それは、目だ。眼球《がんきゅう》だ。

いや、眼球のようなモノ、なのだろう。

それには生々しさがなかった。柔《やわ》らかさもなかった。まるでガラスのような硬質《こうしつ》感があった。

それらが無数に……床《ゆか》一面を覆《おお》うほど無数に転がっていた。壁《かべ》を、床を、天井《てんじょう》を覆っていた顔の全てがそれに変化し、そして全てが重力に従《したが》って床に落ちた。硬質な雨音は耳に痛く、リーリンは耳を押さえたほどだった。

耳を押さえているのに、辺りはガラスの打つ音でうるさいというのに、少女の透《す》き通るような笑い声が鼓膜《こまく》を揺さぶっていた。

「うふふふ……あはははははは！　始まるわ。そしてなにもかもが終わる」

ガラスの雨が降《ふ》る中で、少女は笑い続ける。狂的《きょうてき》に、しかし背筋《せすじ》が震《ふる》えるような感動もある。

少女の声に引きつけられる。そこには喜びと悲しみがあった。憎《にく》しみと愛があった。

「やっと……やっとよ。長かった、永《なが》かったのよ」

疲《つか》れもあった。少女は打ちのめされてもいるようだった。振り返って抱《だ》きしめたくなるような気持ちが、こんな状況なのに湧《わ》いてきて止まらない。

だが、少女はその前に、背後《はいご》からリーリンを抱きしめた。

細く、儚《はかな》く、柔らかい感触《かんしょく》がリーリンを包みこむ。

「お帰りなさい」

そう囁《ささや》いて、少女の感覚が失せた。

振り返っても誰もいなかった。

右目の痛みはなくなっていた。

茫然《ぼうぜん》としていると、ミィフィたちの声が聞こえてきた。どれぐらいそうしていたのかはわからない。とにかく平静を装《よそお》わなくてはと、頰《ほお》を叩《たた》き、彼女たちの前に出た。

（うん、大丈夫《だいじょうぶ》。大丈夫……）

自身に言い聞かせながら歩く。これからどうなるのか？　自分の身になにが起こったのか？　自分はいったい何者なのか？　不安ばかりが募《つの》っていく。だが、その全てを呑《の》み下していく。

心細くて、誰かに全てを打ち明けたいけれど、そんなことはしない。

（レイフォンもがんばってる。みんなも……誰にも言えるわけない）

誰かに迷惑《めいわく》なんてかけられない。これはリーリンに降りかかった、自分自身の問題かもしれないではないか。

そんなことを、こんな時に誰かに話してはいけない。そんなことはなかったと、平気な顔をしていなくてはいけない。

メイシェンも、ミィフィも、きっとナルキだって、みんなみんなこんな状況で不安なのだ。こんな時に、なにがどうなっているかもわからない不安を打ち明けて、彼女たちと暗い影《かげ》を分けあうわけにはいかない。

遠くから声が聞こえてきた。

炊《た》き出しの手を求める声だ。

「シェルターに武芸者《ぶげいしゃ》たちが戻《もど》ってきたのか?」

ナルキがそんな呟《つぶや》きを洩《も》らす。だとしたら、危険《きけん》はまだなくなったわけではないということだ。安全になったのならば、まずそのことを皆《みな》に告げるはずだから。

呑み下さなくてはいけない。

「わたし、手伝ってくるね」

二人に告げて、リーリンは走る。

ツェルニに来てよく知っている二人とこれ以上、顔を合わせていられない。

二人は気付かないのだ。その事実をずっと見ていると不安が抑《おさ》えきれなくなってしまうかもしれない。吐き出してしまうかもしれない。喚《わめ》き散らしてしまうかもしれない。どうして気付かないのかと、問いかけたくなるかもしれない。

ナルキなんて、リーリンの微細《びさい》な表情《ひょうじょう》の変化にも気付きかけたというのに、それなのに気付かないのだ。

リーリンの右目がいまも閉《と》じたままだということに。

†

カリアンの表情が微《かす》かな狼狽《ろうばい》の色を見せた。それは本当にわずかな変化で、眉《まゆ》がやや動いたぐらいのものだったが、確《たし》かに動いたのをニーナは見逃《みのが》さなかった。そして、ほんのわずかな表情の動き以上にはなにも見せなかった。動揺《どうよう》をすぐに呑み下すほどの精神力《せいしんりょく》がカリアンにあるということだ。

「どういうことかね？」

「それがわかれば苦労は……ありません」

だが、ニーナは平静になりきることはできなかった。なんとか言葉遣《ことばづか》いだけは正したが、いまも心の中では読み切れない自分の状況に戸惑《とまど》っている。

いつ、廃貴族《はいきぞく》は自分の中から消えたのか？

気付いたのはいまだ。

だが、いなくなったのまでいまとは限《かぎ》らない。

(おそらく、あの時……)

気を失った時だ。あの時になにかがあったに違《ちが》いない。起きた時には雄性体《ゆうせいたい》が退治《たいじ》されていたのだ。しかも誰《だれ》が倒《たお》したのかわからない。状況だけなら傭兵団《ようへいだん》がそうしたのかとも考えられるが、目撃《もくげき》したシャーニッドの言を信じるならば彼らではないと判断《はんだん》できる。

謎《なぞ》の青い光。

もしかしたら、それこそが廃貴族だったのではないか？

「誰か、あの雄性体を倒したのは何者か、見ていなかったのですか？」

ニーナはその推測《すいそく》を話し、カリアンに質問《しつもん》を返す。

「武芸者たちからの報告《ほうこく》は受けていない。念威繰者《ねんいそうしゃ》も詳細《しょうさい》を捕《と》らえることができなかった。速すぎたのが原因《げんいん》のようだ」

「フェリは？」

「いまだにレイフォンのサポートに集中している。都市内部にまで目を向けるほどの余裕《よゆう》はない」

しかし、さっきはニーナたちの脱出《だっしゅつ》を手伝ってくれた。それはフェリが少しでもニーナたちのことを心配してくれていたからかとも考えたが、そうではないようにも思える。なにより、傭兵たちに囲まれてからここまで逃《に》げるための手際《てぎわ》が、あまりにもうまくいきすぎているようにも思えた。

その疑問《ぎもん》を感じたのはニーナだけではないようだ。

「もしかして、フェリちゃんにうちの隊長、見張《みは》らせてたか？」

シャーニッドの問いかけに、カリアンは躊躇《ちゅうちょ》なく頷《うなず》いた。

「私が、都市の危険となるかもしれないものを放置しておくとでも思うのかい？」

「ま、そりゃそうだ」

シャーニッドはおとなしく引き下がった。ニーナも口では反論《はんろん》しなかったが複雑《ふくざつ》な心境《しんきょう》ではある。

全《すべ》てを話さなかったニーナが一番悪いのは確かだ。

だが、どこまで話してもいいのか、それがわからない。ディックと出会ったために、あんな、マイアスでのことのような奇妙《きみょう》な戦いに他の誰かが巻《ま》き込《こ》まれてしまったらと考えると、全てを胸《むね》の内に収《おさ》めておかなくてはいけない気になる。

（こんど、彼に会ったら……）

全てを聞かなくてはいけないだろう。

だが、そんな時は果たしてくるのか？

「いま、フェリはどこに？」

「シェルター内部の地下会議室だ。だが、会わせられない。向こうは向こうで状況《じょうきょう》が逼迫《ひっぱく》している」

「そうだ。レイフォンは、無事なのですか？」

逼迫という言葉が瞬時《しゅんじ》に脳裏《のうり》を占《し》めた。レイフォンはいまだに老生体と戦っているのか。状況は？　もしや苦戦しているのか？

「老生体の排除《はいじょ》は成功した」

言葉そのものは良い結果であるはずなのに、カリアンの表情《ひょうじょう》は淡々《たんたん》としていた。いや、余裕《よゆう》がないのか？　いつもならば、笑《え》みを浮《う》かべているのではないか？　そうではないにしても、どこかに硬《かた》さがあった。零《こぼ》れ出しそうな内心を必死にせき止めているかのような無表情だった。

「だが、あるいは老生体よりも厄介《やっかい》な事態《じたい》が近づいているのかもしれない」

「会長……？」

もったいぶった話し方は彼らしいともいえる。だがやはり、いつもの余裕があるようには見えない。

「天剣授受者《てんけんじゅじゅしゃ》がツェルニに向かっている」

その瞬間《しゅんかん》、ニーナは後頭部を思い切り殴《なぐ》られたような衝撃《しょうげき》に襲《おそ》われた。

（ついに……）

来たのだ。その時が。

マイアスで出会ったサヴァリスに違《ちが》いない。言うべきなのかどうなのか……迷《まよ》い続けた末になにもできなかったことがこんな場面で襲いかかってきた。

それは、向こうからすれば当然のことなのだろう。ツェルニの危機《きき》的状況は廃貴《はいき》族《ぞく》が覚《かく》醒《せい》する可《か》能性《のうせい》が高い。こんな時に動かなければ嘘《うそ》だ。傭兵団がその証《あかし》ではないか。

しかし、カリアンの説明はニーナを驚《おどろ》かせた。

サヴァリスは、老生体を倒すまではレイフォンと共同戦線を張《は》っていたという。

「向こうがなにを考えているのかわからないが、ありがたい状況ではあった。老生体を倒すまでは」

確かにそうだ。ニーナに廃貴族がいることを、サヴァリスは知っていたはずだ。なら、わざわざツェルニから離《はな》れて老生体と戦うことはない。ツェルニの危機を待ち、廃貴族の覚醒を待ち、そしてニーナからそれを奪《うば》えばいいだけの話だ。

もしもあの時、傭兵団ではなくサヴァリスが動いていれば、いま、ニーナはここにはいなかっただろう。

そうと考えれば幸運であるのかもしれない。サヴァリスの行動が不《ふ》可《か》解《かい》であるという点を除《のぞ》けば。

そして、カリアンもそのことを、そして老生体を倒せたことを幸運と思っていないようであった。いや、思っていたとしてもそれ以上の問題がすでにツェルニの喉元《のどもと》に突《つ》きつけられているのかもしれない。

「……なにが起きているんですか？」

嫌《いや》な予感が胸《むね》の内で膨《ふく》らんでいる。だが、それはなんの予想も立てられない、本当に漠《ばく》然《ぜん》とした嫌な予感でしかなかった。

ただ、なにか悪いことが起きていることだけは確かだ。

「老生体を倒《たお》したのは、レイフォンでも、その天剣授受者《てんけんじゅじゅしゃ》でもない。別の誰《だれ》かだ」

その事実が、ニーナにはうまく理解《りかい》できなかった。

「つまり、戦場には他にも武芸者《ぶげいしゃ》がいたと？　もしや、他の天剣授受者が……」

自らの推測《すいそく》にニーナは唖然《あぜん》とする。グレンダンは、どこまでも本気で廃貴族を手に入れるつもりなのかと、戦慄《せんりつ》した。

だが、カリアンは首を振る。

「そんな甘《あま》い話ではない。その老生体は、レイフォンとその天剣授受者を以《もっ》てしても倒せなかった。倒しきれなかったんだよ。たとえその天剣授受者が名前の通りの天剣を持っていないようだったとはいえ、ツェルニで並《なら》ぶ者なきレイフォンと、その同胞《どうほう》であったろう人物とが手を組んでしても倒せなかった」

カリアンは淡々と事実を並べていた。だが、言葉を紡《つむ》ぐごとに彼の表情から冷静さが失われていくのがわかった。額《ひたい》には汗《あせ》がにじんでいた。彼自身、いまから自分が口にする言葉を信じることができていないに違いない。

「それを、ただの一撃《いちげき》で、だ。しかもその場にいたわけではない。正確《せいかく》な距離《きょり》はわからないが、しかし視認不可能《しにんふかのう》の場所からの狙撃《そげき》によって倒された」

「おいおい、それは嘘だろう？」

狙撃という言葉でシャーニッドが口を挟《はさ》んだ。

「近距離《きんきょり》でレイフォンが倒せなかった奴《やつ》を狙撃一発？　しかも視認不可の距離だって？　剄羅砲《けいらほう》クラスでも不可能じゃね？　どんだけばかでかい剄だよ」

「そうだ。できれば私だって信じたくはない」

カリアンが表情を微苦笑《びくしょう》の形に崩《くず》した。

「これは悪い冗談《じょうだん》だとね。おそらくはそんなことをした者が乗っている都市が、このツェルニに近づいているという事実も、そしてその都市の名が、おそらくはグレンダンであろうことも、全《すべ》て悪い冗談、悪夢《あくむ》の類《たぐい》だと思いたいところだ」

今度こそ、ニーナはなにも言えなくなった。隣《となり》のシャーニッドまで声もなく立ち尽《つ》くしている。

「グレンダンが来てるだって？」

最初に立ち直ったのは、シャーニッドだ。

「そいつは確かに悪い冗談だ。笑えない」

言葉通り、シャーニッドも笑わない。

「学園都市に通常《つうじょう》の都市がなんの用で来るって言うんだ」

廃貴族《はいきぞく》。それしかない。

だが、廃貴族を必要としているのはグレンダンに住む者たちではなかったのか。だからこそ彼らは傭兵団《ようへいだん》を組織《そしき》して都市の外に出し、その情報《じょうほう》を集めていたのではないのか？

都市の移動《いどう》は人の自由になるものではない。所有するセルニウム鉱山《こうざん》の範囲内《はんいない》という制限《せいげん》はあるものの、どこに行くかは都市の意思のみがそれを決定する。

グレンダンは過酷《かこく》な都市だと聞く。頻繁《ひんぱん》に汚染獣に襲《おそ》われるなど、自律型《じりつがた》移動都市の存在意義《そんざいいぎ》が疑《うたが》われるような状況《じょうきょう》で生きていかなければならない。天剣授受者《てんけんじゅじゅしゃ》という絶対的武芸者《ぜったいてきぶげいしゃ》がいたとしても安心はできない。いや、長い目で見れば天剣授受者不在の時代が来たとしてもおかしくはない。そんな時のために必要としているのではないか？　漠然《ばくぜん》とだが、ニーナはそう思っていた。

だがもしかしたら違《ちが》うのか？

あるいはグレンダン王家は都市の移動そのものを操作《そうさ》する方法を知っているだけなのかもしれない。

それとも……そうでなかったとしたら……

「私たちは、もしかしたら勘違《かんちが》いをしていたのかもしれない」

沈思《ちんし》するニーナと同じ場所へと辿《たど》り着いたのか、カリアンが呟いた。

「廃貴族を求めているのは、グレンダンという過酷な都市に住む人々ではなく、都市そのものなのかもしれない」

やはり同じ結論《けつろん》だった。

だが、都市を失い、狂《くる》ったともいえる電子精霊《せいれい》を、なぜ他の電子精霊が必要とするのか？

事実、ニーナの中に二つの電子精霊が入り込んでいた時、ツェルニと廃貴族は敵対《てきたい》とまではいかなくとも反発しあっていたように感じた。

普通《ふつう》の電子精霊ならば、必要とはしないということではないのか？

いや……

「グレンダンだからこそ……なのか？」

「そう考えるべきなのかもしれない」

ニーナの呟《つぶや》きに、今度はカリアンが頷《うなず》いた。

「セルニウム鉱山の独占《どくせん》という意味では、汚染獣が多数いる地域《ちいき》を拠点《きょてん》とするグレンダンの方針《ほうしん》は最上だろう。だが、そのためには天剣授受者級の実力者を揃《そろ》えるという前提《ぜんてい》が必要となる。そうでなければ都市が滅《ほろ》ぶ」

「だが、才能《さいのう》が思うままに揃うということはありえない？」

「人というのがそこまで都合のよい生物とは思えない。ならば人を兵器として補強《ほきょう》するものが必要となる」

「そのための、廃貴族だと？」

「ただの想像《そうぞう》だ。もしかすると、それ以上の理由があるのかもしれないが……」

カリアンがそこまで言ったその時……

天井《てんじょう》が揺《ゆ》れた。

いや、ニーナたちのいるシェルターの全《すべ》てが揺れた。

それは、学園都市ツェルニが揺れたということでもある。

「傭兵団が仕掛《しか》けてきたか？」

壁《かべ》に手を付いて、カリアンが体を支《ささ》える。念威繰者《ねんいそうしゃ》に呼《よ》びかける。返事はすぐに来た。

念威繰者の声は上ずっていた。

（た、大変です）

声は、フェリではない。だが、聞き覚えはある。情報集積を統括《とうかつ》していた、第一小隊の念威繰者の声だ。

「どうした？」

（お、汚染獣です。大量の汚染獣が……）

その言葉は念威繰者らしくなく、正確《せいかく》さを欠いていた。だが、念威繰者の冷静さを打ち砕《くだ》く状況であるということを、嫌《いや》が上にでも理解《りかい》せざるを得ない。

（大量の汚染獣が、空から降《ふ》ってきました！）

だが、その現実《げんじつ》を、誰《だれ》が正確に理解できる？

「なんだと？」

カリアンでさえも、その現実に次の言葉がすぐには出てこなかった。

†

空から、彼らはやってくる。

「始まった」

その光景を、少女は無人の街から見上げていた。

黒衣を纏《まと》った、夢《ゆめ》のような少女だ。血の通った人間とはとうてい思えない白い肌《はだ》。風に流れる黒い髪《かみ》は夜を切り取ったかのよう。

空気は続いた乱戦《らんせん》のために舞《ま》いあがった粉塵《ふんじん》を多く含《ふく》んでいる。だが、少女の面《おもて》も、肌も服も、それに穢《けが》される様子はない。まるで、全《すべ》てのものが少女の持つ幻想性《げんそうせい》に取り込まれ、膝《ひざ》を屈《くっ》し、従《したが》っているかのように思える。

そしてそれは、おそらくは事実だ。

彼女は原初に関《かか》わる者。

彼女はこの世界の成り立ちを知る者。

彼女は闇《やみ》。

彼女の名は、ニルフィリア。

天上に開いた大穴《おおあな》を、ニルフィリアは足を止めて見上げていた。厚《あつ》みのない、平面的なその穴は、まるで紙に書いた黒い丸のようにも見える。

だが、その真円に混《ま》ざる黒さに、七色の輝《かがや》きがちらつくのを見逃《みのが》すことはない。

七色の粒子《りゅうし》。

世界の衝突《しょうとつ》。その火花。

オーロラ・フィールド。

「始まった」

少女はもう一度呟いた。

大穴から舞い降りる無数の異形《いぎょう》を見上げて、呟く。月の縛鎖《ばくさ》が完全に解《と》けたわけではない。その証拠《しょうこ》がこの数だ。

地響《じひび》きを鳴らしながら次々とツェルニに着地する。

ニルフィリアの前にも、一体。

それらは汚染獣とはやや趣《おもむき》が違った。汚染獣たちの形態《けいたい》は多種多様だが、全体的に幼生《ようせい》体と雌性《しせい》体が昆虫《こんちゅう》、雄性《ゆうせい》体が爬虫類《はちゅうるい》、そして老生体が変幻自在《へんげんじざい》と区別することができる。その区別通りにいくならば、ここに舞い降りたこれらは老生体ということになるだろう。しかし、個々《ここ》の捕食《ほしょく》方法に応じて変化する老生体と比《くら》べて、眼前《がんぜん》にそびえ、そしていまなお穴から舞い降りてくるそれらは画一的、統一《とういつ》的すぎた。二本の脚《あし》、そして二本の腕、それらを繋《つな》ぐ胴体《どうたい》……灰色《はいいろ》に染《そ》まる五メルトルほどの巨体《きょたい》は人間そのままといってもおかしくない。

巨人と呼《よ》んでも差し支《つか》えがない。

ただ、頭部だけが例外だ。双方《そうほう》の鎖骨《さこつ》の間、本来なら人の首がある場所で肉瘤《にくりゅう》のようなものが小山を作り、そこに大きな、まるで戯画《ぎが》のような口がある。濃《こ》い赤の唇《くちびる》は嫌《いや》らしく笑っているかのように半開きで、尖《とが》った牙《きば》が整然と並《なら》ぶ様がのぞいている。胸《むね》の筋肉《きんにく》には等間隔《とうかんかく》にならぶ六つの赤い珠《たま》。これが、もしかしたら感覚器官なのかもしれない。

「醜悪《しゅうあく》な」

顔をしかめ、ニルフィリアは感想を漏《も》らした。

「あちらに居《い》すぎて美的感覚を失ったのかしら？　だとしたら残念な話」

少女の前に立った巨人は胸の珠を明滅《めいめつ》させて眼前にいる小さな存在《そんざい》を認識《にんしき》した。

吠《ほ》えた。

空気を轟《ごう》と震《ふる》えさせ、吠える。都市の各所に散った同胞《どうほう》たちもそれに応《こた》え、吠え声が連鎖していく。

ニルフィリアの髪《かみ》が小刻《こきざ》みに揺《ゆ》れる。その顔に嘲《あざけ》りを含んだ微笑《びしょう》が浮《う》かび、消えることはなかった。

「いずれ来ることはわかっていた。そしてそれがここに来るだろうこともわかっていた」

ニルフィリアの周囲は巨人の生んだ影《かげ》に包まれている。その濃度《のうど》が見る間に増《ま》していく。影は闇となり、光を拒絶《きょぜつ》し、そして少女の姿はその中に没《ぼっ》していく。その中で、黒衣に覆《おお》われていない手と顔だけが闇に呑《の》まれないまま浮かんでいる。

「ツェルニ……そう、わかっていたでしょう？」

手が、優《やさ》しく闇を撫《な》でた。

変化が次へと進む。闇に波紋《はもん》が走り、そこからなにかが顔を出す。

無数に顔を出す。

それは、蚯蚓《みみず》のような細長い生物だった。だが、体表にはごつごつとした鱗《うろこ》があり、細長い、枝《えだ》のような足が伸《の》びている。丸い頭には牙だらけの口が大きく開かれているだけだった。

「醜《みにく》さなら、こちらも。人のことは言えないものね」

闇から湧《わ》いたそれに、ニルフィリアは嘆息《たんそく》を零《こぼ》した。自らの意思でこういう形となったわけではないだけに、諦《あきら》めきれないものがある。それが表情《ひょうじょう》に生まれ、この少女に子供《こども》めいた趣《あた》を与えた。

吠えていた巨人は、眼前に増える謎《なぞ》の存在に危険《きけん》を感じたのだろう。拳《こぶし》を振《ふ》り上げた。その拳に巨大な棒《ぼう》が生えた。生えたのだ。握りしめた拳の左右から、それは泡《あわ》のように溢《あふ》れ出て形を固め、そしてさらに伸びていく。変化が止まった時には巨大で無骨《ぶこつ》な、切れ味の悪そうな剣《けん》の形を取っていた。

それが振り下ろされる。

ニルフィリアの姿が闇《やみ》に消え、歪《いびつ》な生物たちは細長い足をバネのようにして跳《と》んだ。衝《しょう》撃波《げきは》が辺りを破壊《はかい》する。

武器《ぶき》の速度は武芸者と並《なら》んでいた。その威力《いりょく》は武芸者を越《こ》えていた。

荒《あ》れ狂《くる》う衝撃波の嵐《あらし》の中で、歪な生物たちは長い体をくねらせて宙《ちゅう》を泳ぐ。壁《かべ》に、地に足を付けると、次の瞬間《しゅんかん》には巨人に向かって飛びかかっていた。

それを迎《むか》え撃《う》って、巨人がまたも剣を振る。いつのまにか闇は去り、そこは元の街の一角となっていた。

歪な生物たちは剛風《ごうふう》の剣撃に跳《は》ね飛ばされ、吹き散らされる。だが、そうならなかったものたちが巨人の肌《はだ》に噛《か》みつく。岩のように硬《かた》そうな肌に牙が食い込む。皮を裂《さ》く。だが、血は溢れ出さない。代わりにいくつもの小さな泡が吹き、生じた傷《きず》を埋《う》めようと動く。

それでも生物たちの牙は止まらない。長い体を巻き付け、引きはがされまいとしながら牙をより深く食い込ませ、または傷をより広げていく。巨人は武器を捨《す》て、生物を引きはがさんと胴体《どうたい》を掴《つか》む。力をこめんと、吠え声を高く解《と》き放《はな》つ。

その開いた口に、一体が飛びこんだ。吠え声が奇音《きおん》に変わって途切《とぎ》れる。巨大《きょだい》な口をさらに大きく開かせ、生物は頭を滑《すべ》り込ませる。さらに深く深く入り込もうとする。それを巨人は口を閉《と》じて防《ふせ》ごうとする。牙が生物の鱗に食い込む。鱗が剝《は》げ、こちらからは血が

溢れた。ほぼ透明《とうめい》な白い血だった。それが牙を濡《ぬ》らす。

それでも生物は侵入《しんにゅう》を止めない。鱗が剝げ、肉が殺《そ》げ、血が溢れ出しても止めることはない。痛覚《つうかく》がないのか。あるいはそれが使命だとでもいうのか、遮二無二《しゃにむに》、奥《おく》へ奥へと向かっていく。

巨人は棒立ちになり、体を震《ふる》わせる。腕を振りまわす。入りこもうとするそれを摑もうと伸ばしたが、別の一体の胴が巻きついて動きを塞《ふさ》いだ。さらに別の一体がもう片方《かたほう》の腕を、そして他の一体が足に絡《から》み付き、巨人は背中《せなか》から地に倒《たお》れる。その衝撃にどれほどの効果《こうか》があったのかわからないが、執拗《しつよう》に侵入を試みていた一体が、全《すべ》てを終えた。太さの変わらない尾《お》をわずかに残すのみで、その頭部は人間でいえば胃に当たる部分にまで到達《とうたつ》した。

次の瞬間、巨人の腹《はら》が膨《ふく》らんだ。亀裂《きれつ》が走り、爆光《ばくこう》が溢れ出すまでにやや間が開いた。それだけ、巨人の肉体は強靭《きょうじん》だということでもあった。

長い、腸《はらわた》のようなものが宙を舞い、そして落ちた。巨人の内部に収められていたものだ。内臓《ないぞう》のようだが、そうであるはずがない。

この巨人が、普通《ふつう》の捕食行為《ほしょくこうい》を行うはずがないからだ。

この世界に長く居《い》つき、生物と同種の行動を取ることによって存続《そんぞく》してきた汚染獣《おせんじゅう》と、この巨人は違《ちが》う。いや、同種ではあるのだが、長い時がこの二つを分けている。いわば、この巨人こそが汚染獣たちの祖《そ》なのだ。そしてさらなる上位者の尖兵《せんぺい》なのだ。四散した肉体を歪な生物たちが腹に収めていく。再生《さいせい》させないために。生物の内臓には強力な酸《さん》があり、それが巨人の細胞《さいぼう》を即座《そくざ》に溶《と》かす。

その、酸鼻《さんび》に満ちた光景を、ニルフィリアは闇から見つめていた。どこにでもある影《かげ》の一つから眺《なが》めていた。

ただの一体。それを倒《たお》すのに、こんなにも時間がかかる。長い時をかけてツェルニの学生が作り上げた成果を、ニルフィリアは自らの闇の中に蓄《たくわ》えていた。その成果が、これだ。

「これでは、だめね」

ただの一体。ただそれだけを倒すのに、これだけの時間がかかる。普通の汚染獣なら、武芸者の守りを突《つ》き破《やぶ》った汚染獣を倒すだけなら、これでも十分だ。幼生《ようせい》体の集団にでも襲《おそ》われない限《かぎ》り、これで乗り切ることはできただろう。

だが、相手は違う。ニルフィリアが想定し、そして引き寄《よ》せた一部の学生によって研究を積み重ねさせ続けた成果がこれではだめなのだ。

だが、いまのニルフィリアにはこれだけしか力がない。口惜《くちお》しいことだ。この世界が生まれたその時にはもっと力があった。だが、それらは長い時の中で擦《す》り切れ果てた。

やはり、もっと研究させるべきだったか。しかし、自らの目覚めるべき時も近いと感じていた。そのために、再《ふたた》び学生を操《あやつ》り、ツェルニから分かれた。その影響《えいきょう》が、いまもあのはかない電子精霊《せいれい》に現《あらわ》れているのが、心に痛《いた》みを与《あた》える。おかしな話だと思う。昔は、他者を利用することになんの痛みもなかった。学生を操ることにも痛みはない。自分は尽《つ》くされるべき存在《そんざい》であり、そしてそうされることが当然のことだと思っている。だが、あの電子精霊だけは別だ。

電子精霊としてある以上、いまのこの苦境《くきょう》は来《き》たるべきものとして受け入れなければならない。汚染獣から逃《に》げきれずに都市とそこに住む人々を失うことも、そして、それ以上の、いまのこの事態《じたい》になることも。

ニルフィリアを受け入れたのだから、それは当然のことと思っていてもらわなければならない。

たとえ、そうだとしても、そしてツェルニがその通りに考えていたとしても、やはりこの痛みは消えさらない。そして、ただの一体にこんなにも時間がかかったことが、悔《く》やまれてならない。

空にはまだ穴《あな》があり、そしてこの巨人と同じものがいまもなお、降《ふ》って来ている。

次々と、やってきているのだ。

この都市は、やはり滅《ほろ》ぶのかもしれない。終わりを告げる音として、絶望《ぜつぼう》と破砕《はさい》を織《お》り交《ま》ぜた音を、世界へと解《と》き放《はな》つことになるのかもしれない。

その時、ニルフィリアはどうするべきだろう？

穴を見上げる。再《ふたた》びあちら側に戻《もど》ってみるべきか？　そうすれば、あの時の力が戻ってくるか？

自信がない。

「…………なんてことかしら」

自嘲《じちょう》気味に、ニルフィリアは闇《やみ》の中で笑った。リーリンの前では、あんなにも普通りにできたというのに、いまは自分でも信じられないほどに弱気だった。眠《ねむ》りから覚めたばかりだからだろうか？　それとも、この急激《きゅうげき》な変化に、自分さえも戸惑《とまど》っているのか？　だとしたら、やはり自分はあの時よりも弱くなっているのだ。力よりももっと深刻《しんこく》に、心がすり減《へ》っているのだ。

絶望《ぜつぼう》的な気分に、ニルフィリアは陥《おちい》っていた。いまのこの状況《じょうきょう》にではない。自分が変わったということにだ。長い時を生きた。正確《せいかく》には、すでに生きているのかどうかもわからない身の上だが、それでもこの世界の原初から存在《そんざい》し続けていた。復讐《ふくしゅう》を願ってこの世界で待ち続けた。あの月が落ちた時こそがその始まりなのだと、空を見上げない日はなかった。長い眠りの中にあっても、意識《いしき》は常《つね》に空に向けられていた。

いま、月は落ちている。夜ではなく、そして実際《じっさい》にはそうなってはいないのだが、ニルフィリアにとっては月が落ちたに等しい状況だった。ある意味では落ちたのだ。陥落《かんらく》という意味では。そして本格的《ほんかく》にそうなる日は、もう、そう遠くはないだろう。

その時までに自分を取り戻さなくては、と思う。そのためにはなにかが必要だ。だが、そのなにかが、いまはわからない。

それでも、やらなくてはならないことが目の前にはある。

「時間稼《かせ》ぎくらいはできるでしょうね」

呟《つぶや》く。

まだ、身の内の闇には無数に、あの歪《いびつ》な生物が、こんな形態《けいたい》をしていながら学生たちに『守護獣《ガーディアン》』と名付けられたモノたちがいる。それらをすべて解き放つのだ。

影《かげ》が再び闇となる。闇は広がり、都市の一画を覆《おお》った。

そして、湧《わ》き溢《あふ》れる。

無数の守護獣《ガーディアン》たちが溢れ出す。

空から降《ふ》り来たる破滅《はめつ》の巨人たちに、守護獣《ガーディアン》たちは襲《おそ》いかかった。

03　槍殻《そうかく》都市

逃《に》げ出したい。

そう思ったことはこれが最初ではない。

フェリにとって、念威《ねんい》繰者《そうしゃ》をやめたいと思った時からが逃避《とうひ》の始まりだった。故郷《ふるさと》でのことだ。流易《りゅうえき》都市サントブルグが汚染獣《おせんじゅう》に襲《おそ》われた。兄がツェルニへと旅立って、しばらくしてからのことだ。まだ待機していてもいい年齢《ねんれい》だったのだが、とある傭兵《ようへい》に手伝いを頼《たの》まれ、そこで初めて実戦を体験した。

汚染獣は恐《おそ》ろしかった。だがそれは、映画《えいが》の中の怪獣《かいじゅう》をより近くに感じただけにすぎなかった。情報《じょうほう》を集め、伝達する。それが念威繰者の主な仕事だ。自身は決して矢面《やおもて》に立たない。だからこそ、こんな感覚にもなる。

これが戦場だと、本物の戦場だと感じたのは、むしろ戦闘《せんとう》が終わってからだった。

汚染獣の死体、その周囲に散った、武芸者《ぶげいしゃ》たちの死体や、体の一部がフェリにそれを感じさせた。凄惨《せいさん》な光景だった。残酷《ざんこく》な映画のように脚色《きゃくしょく》されていないからこそ、逆《ぎゃく》にそれはフェリに生々しさを突《つ》きつけてきた。

自分が生きていく世界がそこだと、それは生まれた時から決められているのだと、そう気付かされた。

本当の意味で、それを理解《りかい》した。

それから、逃げ続けている。だけど逃げられない。ツェルニに来たのは可能性《かのうせい》を探《さが》すためだ。だけどどこでも念威繰者をやらされている。

そして……

(大丈夫《だいじょうぶ》ですか？)

いまも戦っている。

この人も、戦っている。

呼《よ》びかけは無視《むし》された。荒《あら》い呼吸《こきゅう》だけが聞こえてくる。ランドローラー越《ご》しに、サヴァリスと凄絶《せいぜつ》な空中戦を演《えん》じたすぐ後だった。短時間だが、濃密《のうみつ》な時間でもあった。フェリに返事するよりも、呼吸を整える方を優先《ゆうせん》したとしてもしかたがない。

土砂《どしゃ》崩《くず》れを乗り切ったランドローラーは、もうボロボロだった。それでも走った。だが、エンジンからは怪《あや》しい煙《けむり》が吹《ふ》いている。それは、先を行くサヴァリスのランドローラーもそうだった。

何度か、フェリも仕掛《しか》けた。ツェルニからここまで、中継《ちゅうけい》に配していた念威端子《たんし》を利用して念威爆雷網《ばくらいもう》を築《きず》き上げたのだ。それは、ニーナたちを助けた時に咄嗟《とっさ》に作り上げたそれを参考にした。そしてそれもまた、ついこの間の戦いから生み出したものだ。

いままでは情報を集めることばかりに自分の力を使っていた。念威爆雷も護身《ごしん》用ぐらいにしか使ったことがない。

だが、あの老生体を倒《たお》す時、レイフォンはフェリに念威爆雷で地面を陥没《かんぼつ》させた。

そういう戦い方は知っていた。小隊戦では第一小隊に、それでうまくやられてしまった。対抗手段《たいこうしゅだん》も習ってはいたが、実際《じっさい》に使ったのはほぼ初めてだった。

それを使うのは、フェリ自身を念威繰者として練磨《れんま》させることになる。だから使わない。使いたくなかった。

だけどいまは、なりふりかまってはいられない。

爆光がサヴァリスを覆《おお》う。だが、彼に当たらないどころか、至近《しきん》に踏《ふ》みこめた端子が爆雷を放たなかった。寸前《すんぜん》に、邪魔《じゃま》が入ったのだ。別の念威がフェリの端子に侵入《しんにゅう》し、妨害《ぼうがい》をかけた。

すぐに浮《う》かんだのは傭兵団《だん》の念威繰者だ。フェリが捕《と》らえられた時、念威の妨害をされた。あの頭痛《ずつう》の体験は初めてのことだった。そんなことまでできるのかと驚《おどろ》かされたし、悔《くや》しかった。

鉄の仮面《かめん》をした奇妙《きみょう》な念威繰者、フェルマウス。あの人物の端子を強奪《ごうだつ》したことがあるのが、まるで嘘《うそ》のようだ。

サヴァリスを引きこんだのは傭兵団。それは覆《くつがえ》しようのない事実だろうが、ハイアがいた時にはそれほど脅威《きょうい》に感じなかったこの人物が、いまは忌々《いまいま》しい。

逆撃のように、フェルマウスの念威端子がこちらに近づいてくる。妨害方法は、もう学習した。妨害と、端子の強奪を並行《へいこう》して行う。レイフォンには近づけさせない。

同時にフェリは、フェルマウスの姿《すがた》を探《さが》した。おそらくはフェリと同じようにツェルニにいるはずだと読んでいる。いまは混乱《こんらん》の状態《じょうたい》にあるが、それでもここはフェリたちの場所なのだ。見つければ直接《ちょくせつ》的になにかができる。そうすれば、もう少しサヴァリスの妨害に意味が出てくるようになる。

だが、それになにか、意味はあるのだろうか？

レイフォンがまたしかける。最初の頃《ころ》はサヴァリスからもしかけていたのだが、いまはレイフォンが動かなければ走ることに集中している。そうやってレイフォンの焦《あせ》りを助長させているのだ。

効果《こうか》的で、そしていやらしい。

再《ふたた》び空中で絶後《ぜつご》の戦いを繰《く》り広げるレイフォンを眺《なが》める。だが、フェリの念威を以《もっ》てしても、二人の戦いを詳細《しょうさい》に確《たし》かめることはできない。生み出される衝撃《しょうげき》の余波《よは》は少なく、むしろ静謐《せいひつ》な戦いへと移行《いこう》していた。より、技巧《ぎこう》を密《みつ》にした戦いなのだろうということぐらいしかわからない。

だが、その凄《すさ》まじさにさえ、意味はないのかもしれない。

轟音《ごうおん》がする。いままで、あえて無視《むし》し続けてきた轟音が、フェリの一瞬《いっしゅん》の隙《すき》を突《つ》いて念威端子《いたんし》を通して襲ってきた。それは情報《じょうほう》としてフェリの下に届《とど》けられただけであり、直接鼓膜《こまく》を揺《ゆ》すったわけではない。だが、その威圧《いあつ》感はフェリの絶望《ぜつぼう》を後押《あとお》しするのに十分すぎた。

巨大《きょだい》な足がレイフォンとサヴァリスをまたいでいった。影《かげ》がその周囲を覆《おお》う。それは晴れることなく、より濃密《のうみつ》になっていくだけだった。

グレンダンが、二人のすぐ上にあった。

追いつかれたのだ。

そしてツェルニまで、もはやあとわずかの距離《きょり》となっていた。

反発するように二人が離《はな》れる。ヘルメットの中で、サヴァリスは笑っていた。レイフォンの顔には苦悩《くのう》があった。彼もまた、この戦いに意味があるとは思っていなかった。だが、止めなければならないとも思っている。

しかし、サヴァリスを止めるだけでは意味がない。

グレンダンがいるからだ。そして、フェリの計算ではレイフォンが到着《とうちゃく》するよりも早くグレンダンがツェルニへと辿《たど》り着くことになると出ていた。

そして……そしてツェルニではいま、謎《なぞ》の敵《てき》が地上にひしめいていた。汚染獣《おせんじゅう》だとは思う。だが、その汚染獣はいままで見たどんな汚染獣とも違《ちが》うような気がした。

ツェルニの武芸者《ぶげいしゃ》はいま、シェルターに全員退避《たいひ》している。戦うにしても連戦で疲労《ひろう》していた。精神的には、もう限界《げんかい》が近いのではないかとも思う。

それでも、状況《じょうきょう》は止まらない。止まってくれない。

逃《に》げたいと、フェリは思う。念威繰者《ねんいそうしゃ》という立場から逃げたい。そうすれば、なにもわからないままに終わることができるのではないだろうか。そしてそれが、希望のように思えてしまう。いまは、半端《はんぱ》に状況だけがわかってその実、大事なことはなにもわかっていない。

わからないことが、苦しい。苦しくてしかたがない。

(迷《まよ》っていますね)

その声は、いきなり聞こえてきた。フェリは座《すわ》っていたイスを倒《たお》す勢《いきお》いで立ち上がった。

フェリがいまいるのは、シェルター内部にある地下会議室の一つだ。小さなもので、他には誰《だれ》もいない。照明も最低限《さいていげん》にしてあるが、フェリの髪《かみ》が放つ念威の光が、その代わりとなっていた。

その、念威の薄青《うすあお》い光に溶《と》け込《こ》むように、それはあった。

念威端子だ。

蝶《ちょう》に似《に》た形をした念威端子だった。

（あら、驚《おどろ》かせてしまったかしら？　ごめんなさいね。久方《ひさかた》ぶりに大変な才能《さいのう》に出会ってしまって、心が躍《おど》ってしまったものですから）

声は、老女だった。一瞬、フェルマウスかと思った。だが、フェルマウスの声は機械音声だった。その素顔《すがお》を見たことのあるレイフォンの話では、とてもひどい傷《きず》を負っているということだった。傷は喉《のど》にいたり、だからあんな声なのだと。

「あなたは……」

頭の中ではレイフォンへのサポートを行いながら、話しかける。敵意《てきい》は感じられなかった。もしもフェルマウスだったら、即座《そくざ》に念威爆雷《ばくらい》を発動していたのではないかと思う。

そうしていれば、フェリは死んでいただろう。

だが、老女の声を運ぶこの端子にそんな様子はない。

端子からもたらされる波動は、むしろゆったりとしていた。おっとりしていると言い換《か》えてもいい。まるで、茶飲み話でもしているかのようなそんな雰囲気《ふんいき》があった。

(あら、ごめんなさいね。わたしの名前は、デルボネ。グレンダンで念威繰者をしていますの)

グレンダン。その名前を聞いて、フェリは冷水を浴びたようになった。もう、ここにまで念威端子が侵入《しんにゅう》しているのだ。その速度にフェリは驚嘆《きょうたん》した。

(あらあら、そんなに慌《あわ》てなくともけっこうですよ。べつに、なにもしやしませんから)

こちらの様子を察して、老女……デルボネはそんなことを言う。落ち着いた雰囲気が崩《くず》れることはなかった。

「なんのために、来るのですか?」

(うちの陛下《へいか》のお気に入りの女性《じょせい》がこの都市にいらっしゃるそうで。迎《むか》えに行くのだとはしゃいでいらっしゃるの。正直、他の方々は困《こま》ってらっしゃいますわね。カルヴァーンさんなんて、苦虫を何匹《なんびき》も噛《か》み潰《つぶ》したような顔をしているの)

そう言って、抑《おさ》えめに笑う。笑い声に品があった。

カルヴァーンというのが誰だか知らない。だが、そんな呑気《のんき》な事態ではない。

(そちらの状況はわかっていますわ)

こちらの考えを読んでいるかのように、言葉に先を押さえられる。フェリは息を呑《の》んだ。

(ですので、わたしたちに任《まか》せていただけません？　悪いようにはいたしませんから)

「そんなこと、わたしが決めることではありません」

(では、決められる方を紹介《しょうかい》していただけると、嬉《うれ》しいのですけど)

これは、都市間同士の交渉《こうしょう》だ。

フェリは念威端子でカリアンに情報《じょうほう》を流した。

(それはそうと、あなた、どなたか良い人はいらっしゃるの？)

「……………は？」

いきなりの話の変わりっぷりに、フェリは理解《りかい》が追い付かなかった。

(良い人ですよ。あなたのような才能《さいのう》はグレンダンにもおりませんもの。それに、念威繰者というのは武芸者ほどうろうろしないものでしてね。なんででしょう？　いえ、良いことだと思いますし、それに疑問《ぎもん》を持ってもしかたがないのですけど)

「あの、そういうことではなく……どうして？」

(良い人がおられるのでしたら諦《あきら》めもつこうというものですけどね、そうでなければ、良い子がいるので紹介したいと思いましてね。グレンダンにいらっしゃいません？　あなたならば、良い念威繰者になれると思いますのよ。よければ、わたしの後を継《つ》いでキュアンティスを名乗ってもいいかもしれませんわね。わたしも、そろそろ引退《いんたい》を考えたいと思っ

ていたところですし）

「いえ、そういうことには興味《きょうみ》がありませんので」

キュアンティスという名に心当たりがあったわけではない。だが、もしも念威繰者《ねんいそうしゃ》にも天剣《てんけん》を持つ者がいるのならば、この人がそうなのではないかと思った。

（あらあら残念）

デルボネは食い下がらなかった。そのあっさりとした態度に拍子抜《ひょうしぬ》けしたぐらいだ。

（それで、良い人はいらっしゃるの？）

だが、その質問《しつもん》は取り下げられていなかった。

「あの……」

なんだろう。この平穏《へいおん》でのどかなおしゃべりにフェリは気を抜かれそうになった。いまでも頭の中でレイフォンのサポートをしている。サヴァリスとの激烈《げきれつ》で熾烈《しれつ》な争いを繰《く》り広《ひろ》げている。それを補佐《ほさ》するフェルマウスとの戦いも続いている。

頭の中身が何個《なんこ》にも分割《ぶんかつ》されたような状態だ。その中で、フェリの前にあるこの蝶型《ちょうがた》の端子は日向《ひなた》ぼっこでもしているかのようなのどかさでフェリを緩《ゆる》ませようとしているように感じた。

（あなたはお綺麗《きれい》ですし、寄《よ》ってくる殿方《とのがた》も多いことでしょうね。でも良い人というのは、自分で決められた方がいいですわよ。流されるように情熱に身を任《まか》せてはいけません。あなたのように見目が良いからこそ、より気をつけなくてはならないのですよ)

「はぁ……」

なんだろう。どう返せばいいのかわからない。

頭の隅《すみ》ではカリアンがデルボネと会話することを承認《しょうにん》し、デルボネの念威の一部をフェリの端子を使って通した。端子の支配権《しはいけん》を一部譲《ゆず》っただけだ。しようと思えばすぐに取り返すことができるはずだが、もしかしたらフェリが思いもよらない方法で端子を奪《うば》ってしまうかもしれない。そう考えると緊張《きんちょう》する。

そして、カリアンとの会話に入ることで、ここでの話も終了《しゅうりょう》になる。そう思えばほっともする。

だけど……

(そもそも、良い人というのはですね。寄ってくる人というわけではないのです。いえね、もちろん、こちらを全身全霊《ぜんれい》で愛してくれる人が最上であることは認《みと》めますけどね)

話は終わらなかった。カリアンとの会談も行っている。それと同時進行で、フェリとも話しているのだ。

(しかし、それだけではやはりだめなのです。甲斐性《かいしょう》もそうですが、相性もあるのですよ。

でも、良い家庭というものはそれだけでもだめなのです)

信じられないことではないが、フェリには難《むずか》しい。いくつもの情報処理《しょり》を一度に行うことはできるが、二つの会話を同時進行させることは、いまのところできない。それは、感《かん》情《じょう》を二つにわけるということだ。

(愛とは重なりあうものです。どちらが大きすぎてもだめなのです。そういう意味では、お見合いというものは良いものなのですよ。どちらもそこで初めて会うのですから。どうですか?)

つまり、お見合いをさせたいらしい。

「いえ、わたしは……」

(あら、やはり良い人がいらっしゃるのですか? なら、その人とグレンダンに住むというのはどうでしょう? あなたには、とても良い環境《かんきょう》だと思うのですが)

「いえ、あの……おそらく、それはできないかと……」

(あらあら、どうしてかしら? 学園都市なのでしょう? そこは? なら、二人は離《はな》ればなれになるかもしれないのでしょう? それなら、二人でグレンダンに移住《いじゅう》というのも悪くないと思うのですけど)

「いえ、あの……」

そこで、どうしてこの名前を出してしまったのか。

「レイフォンが……」

言ってから、しまったと思った。頬《ほお》が熱くなった。

（あらあらあら）

デルボネのそんな声を聞きながら、フェリは俯《うつむ》いた。

思考だけは戦場を奔《はし》らせていたが。

†

そのデルボネの端子がある、もう一つの場所。

グレンダンの王宮。謁見《えっけん》の間。

謁見の間といっても、そう広くはない。以前にレイフォンたちの養父、デルクがリーリンを伴《ともな》ってきた部屋をさらに少しだけ広くしただけのものだ。都市外からの使者などいないわけではないが、多いわけでもない。都市内で謁見を求めてくるのは企業《きぎょう》などの商人が多いが、そういう時には密談《みつだん》となることもあるので、デルクたちにも使った部屋で行う。

国の権威をこんなところで見せつけてもしかたがないという思いが、グレンダンの王宮を建設《けんせつ》した者たちの中にはあった。

ただ武《ぶ》の力があればそれで事足りる。

それがグレンダンだ。

そして、普段《ふだん》は使われることのないこの謁見の間も、使われないだけあって飾《かざ》りなどには埃《ほこり》よけのシーツが被《かぶ》され、玉座《ぎょくざ》のある空間は、それごと覆《おお》い隠《かく》されている。使者が立つ空間だけが寒々しく放置されていた。

いま、その空間にはソファなどが置かれている。王宮の使用人たちが急遽《きゅうきょ》運んできたものだが、いつものことなので運び込みに遅滞《ちたい》はなかった。整然とした置かれ方ではなく、むしろ無秩序《むちつじょ》に思える。だが、そこに座《すわ》る人物たちのことを考えれば、それはそこに集《つど》う人たちの関係性《かんけいせい》を考慮《こうりょ》した最善《さいぜん》の配置であった。

「さて！」

一際豪華《ひときわごうか》な一人掛《が》けのソファに座ったアルシェイラが景気よく手を叩《たた》いた。その隣《となり》ではカナリスが静かに控《ひか》えている。

「戦《いくさ》よ！」

女王の宣言《せんげん》を、全員が冴《さ》えない顔でむかえた。元気がいいのは女王だけだ。デルボネの端子はカナリスの反対側で淡《あわ》い光を放つのみであり、一番近いソファに座るティグリスは鬚《ひげ》を撫《な》でるばかり、その隣ではカルヴァーンが苦い顔をしている。カウンティアは自分の膝《ひざ》にリヴァースを乗せ、人形のように抱《だ》きしめてご満悦《まんえつ》顔。こちらの話を聞く気がない。リヴァースは戦という言葉で青い顔。ルイメイは一番離れた場所にある三人掛けのソファを一人で占拠《せんきょ》し、トロイアットは自分のソファに座り、隣のルイメイのひじ掛けに足をかけてあくびをしている。リンテンスはそもそもソファに座っておらず、謁見の間にある窓《まど》のそばで、一人煙草《たばこ》を燻《くゆ》らせている。

うん、いつもどおりにノリが悪い。

そんなことを確認《かくにん》して、アルシェイラは一人足りないことに気付いた。

「バーメリンは？」

（それなのですが……）

デルボネが困《こま》ったように告げてくる。

（この間のことでまだ怒《おこ》ってるようでして、お風呂《ふろ》から出てこないのですよ）

「出てこないと、ここから狙撃《そげき》するって伝えなさい。真裸《まっぱ》で路上に放《ほう》り出すわよ」

（あらまぁ……）

どこか呑気《のんき》に、どこかそれを楽しんでいるような声で応《おう》じる。

「そろそろ、現状《げんじょう》の確認をいたしたいのですが」

カルヴァーンが苦い顔のまま、そう提案《ていあん》してきた。

「そうね、そうしましょうか」

どうせ、バーメリンのところにはデルボネの端子が行っているのだ。同じ話を何度もしないといけない苦労はない。

カナリスに目をやると、彼女は頷《うなず》いて一歩前に出た。

「現在《げんざい》、グレンダンは学園都市ツェルニに接近中《せっきんちゅう》です」

「はぁ？」

そんな声を上げたのは一人ではない。全員がきょとんとした顔をした。リンテンスさえも銜《くわ》えていた煙草を指にはさんでこちらを見た。

「悪い冗談《じょうだん》じゃの。グレンダンが弱い者いじめをしにいっとるのか？」

自慢《じまん》の顎鬚《あごひげ》からは手を放さず、ティグリスが呟《つぶや》く。

「グレンダンの意思です」

カナリスは涼《すず》しい顔を維持《いじ》している。だが、その裏側《うらがわ》には戸惑《とまど》いがあるだろう。グレンダンがなにをやりたいのか、正確《せいかく》なところまで理解《りかい》している者はいない。いや、ティグリスならばわかるだろう。サヴァリスも、もしかしたら初代からなにかが伝わっているかもしれない。だが、彼はこの場にはいない。カナリスも、王家に連なる者だ。ある程度《ていど》は知っている。だがそれは、グレンダン王家の血に、ある宿命が存在《そんざい》すること。そして天剣は十二人いなくては意味がないということ。ただ、それだけだ。そこから先になにが待っているのかは知らない。

デルボネが、この中では一番深く知っているのではないだろうか？　だが彼女は、自らが知り得た情報《じょうほう》にある程度の封印《ふういん》をかけているように思える。知覚した情報を、まるで機械のデータのように脳内《のうない》で扱《あつか》える念威繰者《ねんいそうしゃ》だからできることだ。だから、驚《おどろ》きこそしてないが、この先がどうなるのかという予測《よそく》も立ててはいないだろう。

他の天剣たちは理解できない顔をしている。

誰《だれ》にも知らせてはいない。

だが、そろそろ、その端《はし》っこぐらいは教えてやってもいいだろう。

「学園都市に接近しているということは……その、戦争をなさるということですか？」

こういう時、代表して尋《たず》ねるのはカルヴァーンの役目。そういうことになっている。貧《びん》乏《ぼう》くじを引かされる役目だが、別に誰かがそれを押《お》し付けているわけではない。物事の流れがはっきりしないことが嫌《きら》いなのだ、この男は。

そう、だから。

「そうよ」

「なるほど……」

だから、それだけで引っ込《こ》む。相手が学園都市であろうとも戦争をするということがはっきりすれば、それで納得《なっとく》する。

「おいおい、それで終わんなよ」

不平を零《こぼ》したのは、野太い声のルイメイだ。少し身じろぎしただけなのに、ソファの足が軋《きし》んだ音を立てた。三人用のソファを一人で占拠《せんきょ》する巨漢《きょかん》だ。それでも窮屈《きゅうくつ》そうにしている。ひじ掛《か》けに乗ったトロイアットの足が邪魔《じゃま》で、丸太のような腕《うで》で払《はら》った。

「まさか、陛下《へいか》は俺たちにガキンチョどもと遊べって言わんでしょうね？　冗談《じょうだん》じゃない。手加減《てかげん》てのは好みじゃないんだ。毛も生えそろわねぇようなのを擦《す》り潰《つぶ》すのは寝《ね》ざめが悪すぎる」

「……旦那《だんな》が戦争に出た記憶《きおく》が、おれにはこれっぽっちもないんだがね」

足を払われたトロイアットが座《すわ》りなおして呟《つぶや》いた。

「俺が出るほどの戦《いくさ》がなかったのさ」

「じゃ、今後もそれでよろしく。イエーイ、無冠《むかん》の帝王《ていおう》」

「うるさい黙《だま》れわたしを置いて騒《さわ》ぐな」

ルイメイが顔を真っ赤にして立ち上がりそうになったので機先を制《せい》しておく。

接近まで、時間はそれほどないのだ。

「ガキンチョどもの相手なんかしなくてよろしい。と、いうよりもそんなのであんたらを呼《よ》ぶか」

「それでは？」

疑問《ぎもん》が再《ふたた》び浮上《ふじょう》し、カルヴァーンが不快《ふかい》そうな顔をしていた。だがアルシェイラはその顔を飛び越《こ》して、窓《まど》にたたずむリンテンスを見た。再び煙草《たばこ》を銜《くわ》えた無精者《ぶしょうもの》は剣呑《けんのん》な目でこちらを見ていた。勁《けい》は静まっている。悪い目つきも、別に不機嫌《ふきげん》だからではない。いや、あらゆるものが気に入らないから、結局はそんな目になったのだろう。

強すぎる自分にふさわしい場所がないから。

「地獄《じごく》が始まるわよ」

高らかに、謁見《えっけん》の間全《すべ》てに響《ひび》き渡《わた》るような声で、歌うような声で、アルシェイラは宣言《せんげん》した。

「地獄が始まるのよ。とっておきの地獄が。あんたたちに、自分が存在することを後悔《こうかい》するような戦いを見せてあげられる。その始まりが、今日の戦いにあるのよ。……デルボネ」

（はいはい。もう、向こうの都市との交渉《こうしょう》はあらかた終わりましたよ）

告げた後、脇《わき》に控《ひか》えていた端子《たんし》がソファの中央に移動《いどう》する。どこからか他の端子が現《あらわ》れ、映像《えいぞう》を展開《てんかい》する。

「ほほう？」

面白《おもしろ》げに声を上げたのは、ティグリスだ。

宙《ちゅう》に現れた映像には、無人の都市の姿《すがた》があった。人の姿がない。だが、他の姿がある。

奇《き》怪《かい》な巨人《きょじん》と、より奇怪な生物が映《うつ》っていた。無数にいるそれらが相争《あらそ》っている。都市はその二つの種族に埋《う》め尽《つ》くされていた。人間の姿はなかった。シェルターに退避《たいひ》しているのか。

「汚染獣《おせんじゅう》ですか？」

そうとは思えないものがある。ここには数多《あまた》の汚染獣を殲滅《せんめつ》させてきた猛者《もさ》たちが集っている。だが誰も、ここまで姿が統一《とういつ》されたものを、幼生体《ようせいたい》以外で見たことはなかった。

「似《に》てるけど、違《ちが》うわね。これは、それよりももっと古いモノ。汚染獣の祖先《そせん》みたいなものよ」

「はっ……？」

カルヴァーンは納得《なっとく》できていない顔だ。だが、アルシェイラはかまわなかった。理解《りかい》できようができまいが、納得できようが、そうでなかろうが、もう逃《に》げられないのだ。グレンダンで生まれたのであろうと、そうでなかろうと、ここにいる者たちはいまここにいる。

天剣を使える者としている。

そうとなってしまっている時から、もう逃げられないのだ。武芸者《ぶげいしゃ》という種族として、ある一定の到達点《とうたつてん》に辿《たど》り着いてしまった者たちの、それは宿命のようなものなのだ。武芸者がどのように生まれたのか、この世界がどのようにして成り立っているのか、それを知ることができれば納得するのだろうか？

だが、そんな長い説明を、アルシェイラはする気がなかった。

「デルボネ、接触《せっしょく》までどれくらい？」

(後、二時間ほどでしょうか。下の坊《ぼう》やたちはおそらく十分ほど遅《おく》れるでしょうね)

「おう、そういえば、サヴァリスの奴《やつ》がなにか密命をもらって外に出たとか。それが、この都市なんですかい？」

ルイメイが大きな手を叩《たた》く。そこから生まれた音に、皆《みな》が迷惑《めいわく》そうな顔をした。

「まぁね。でも、そっちはついでかな。本命は、わたしのお姫様《ひめさま》の護衛《ごえい》。……あいつ、あんなところでぶらぶらと、なに遊んでんだか。無事じゃなかったら、擦《す》り潰《つぶ》してやる」

途中《とちゅう》から、目が据《す》わったのを自覚した。親指と人差し指をこすり合わせていると、皆がそれから目をそらした。リンテンスだけが、こちらを窺《うかが》うように見つめていた。

バーメリンがやってきた。顔には不満が詰《つ》まっている。いつものことだと、アルシェイラは無視《むし》した。

　気持ちを切り替《か》える。

「さて、二時間後にはあの都市と接触するわけだけど……」

　ざっとそこに集まった天剣授受者《てんけんじゅじゅしゃ》たちを見渡《みわた》す。

「ルイメイ、トロイアット。あんたはあっちにいって好きに暴《あば》れなさい。多少は壊《こわ》してもいいけど、地下施設《しせつ》とか重要そうなのは壊しちゃだめよ」

「へい」

「了解《りょうかい》」

「デルボネは姫《ひめ》の居場所《いばしょ》を探《さが》す。見つけたら、バーメリンが道を作る。リンテンスは姫の保護《ほご》。それまでは好きにしていいわよ」

「なぜ、おれが……？」

「あんただけが、この中で直接《ちょくせつ》顔を合わしてるからよ。で、他の連中は接触点でこちらへの侵入《しんにゅう》を阻止《そし》。まぁ、無駄《むだ》だとは思うけど」

　一瞬《いっしゅん》だけ、リンテンスは不満そうに眉《まゆ》を動かした。だが、すぐに別の考えに至《いた》ったのだろう。

　出会いを思い出す。

十年以上も前のことだ。まだ、これほどの身長でもなかった。自らの勁力で成長を止めていた。できるならば自分の時に終わらせたいと思っていた。長く生きよう。そう決めていたのだ。

放浪《ほうろう》バスが近づいた時から、その巨大《きょだい》な勁《けい》を感じていた。面白《おもしろ》い奴《やつ》が来たと思った。勁にまとわりつく気配は、不満しかなかった。自らの満足がいく戦いができない。自分はなんのために生まれ、そして生きているのか、そんな言葉が頭の中に次から次に湧《わ》いてくる。そんな勁だった。

なんのために生まれたのか。その疑問を、アルシェイラは抱いたことがない。自らを自らと認識《にんしき》した時から、アルシェイラはアルシェイラだった。グレンダンの頂点《ちょうてん》に立つ者であり、いずれ来る戦いに備《そな》える者だった。そのために、血を絶《た》やさない、薄《うす》めない、より濃縮《のうしゅく》させる。という行為《こうい》を繰《く》り返してきたのが三王家だった。まるで先祖《せんぞ》返りに挑戦《ちょうせん》するような行為だ。近親交配は異常者《いじょうしゃ》を呼《よ》ぶ源《みなもと》だ。その境界線《きょうかいせん》を踏《ふ》まないように三家で強力な天剣授受者の血をさらに取り入れてきた。

その末に生まれたのが自分だ。

なんのために生まれてきたのかは知っている。だからこそ、自分の強さの理由を知りたがるこの男に興味《きょうみ》が生まれた。

外来区を形ばかり隔《へだ》てる壁《かべ》の上からその人物を見た。

放浪バスから出てきたのは、顔中に不満を浮《う》かべている男だった。コートは長い旅で裾《すそ》が擦《す》り切れていた。だが、そんな姿《すがた》がとても似合《にあ》う男だった。アルシェイラにはない寂《せき》寥《りょう》がその男にはあったのだ。

だから、叩《たた》き潰したくなった。

ほんの少しばかり剄を放つと、男は乗ってきた。移動《いどう》は瞬時に。外縁《がいえん》部の人気のない場所を選んだ。

勝負はすぐに付いた。

目に見えないほどの細い糸が、一瞬でアルシェイラを包んだ。鋼《はがね》の糸だ。それだけでも十分な殺傷能力《さつしょうのうりょく》がある。その上、剄が乗る。しかも強力無比《むひ》だ。これほどの剄はいまいる他の天剣授受者たちも及《およ》ばないだろう。長い旅を続けてきていたとしても、ここにいる誰《だれ》よりも浅い戦いしか経験《けいけん》してないだろうに、剄に込《こ》められた攻撃《こうげき》的意思は誰よりも峻烈《しゅんれつ》で、鮮烈《せんれつ》だった。鬱屈《うっくつ》したものを爆発《ばくはつ》させていた。これほどのものは、もしかしたらグレンダンですら晴らせないのではないかと思った。

しかし、それほどの激《はげ》しい剄ですら、アルシェイラには傷《きず》を負わせられない。鋼糸《こうし》を摑《つか》み、無造作《むぞうさ》に近づき、そして顔を殴《なぐ》った。信じられないという顔をして、男は吹《ふ》っ飛んだ。

この男に必要なのは地獄《じごく》だ。最も激しい地獄だ。

そしてこういう男が訪《おとず》れたのだからこそ、その地獄はもう近いのだと、アルシェイラは思った。

髪《かみ》を摑んで引きずりあげて、その男の顔をじっと見る。癖《くせ》の強い長い髪の奥《おく》にある瞳《ひとみ》。それに引き寄《よ》せられる。戦いを呼《よ》ぶ目だ。他の都市なら無用の騒乱《そうらん》を呼ぶ目だろう。だが、グレンダンでならば、必要な戦いを呼ぶ目だ。

「自分なんていなきゃよかったって思うぐらいの戦場を、見せてあげる」

そう約束した。必ず叶《かな》えられると思った。

そして、叶うのだ。

地獄の入口まで、あと二時間。

命令を与《あた》えると、天剣たちはいなくなった。カナリスも追い出した。デルボネはいるかもしれないが、無視《むし》した。確実《かくじつ》に追い出すこともできるが、それもやらない。彼女の存在《そんざい》を気にしていたらグレンダンでは生きていけない。

窓《まど》では、まだリンテンスが煙草《たばこ》を燻《くゆ》らせていた。侍女《じじょ》の運んだ灰皿《はいざら》にはすでに山ができていた。

「あなたの戦場を見ておいで」

「……ふん」

立ち上がる。コートに付いた煙草の灰を払《はら》う。出会った時と違《ちが》うコート。だが、天剣となって金には困《こま》ってないだろうに、上等というわけでもない。無頓着《むとんちゃく》というわけではないだろう。ただ、戦場への気持ちを維持《いじ》するために必要な、彼の流儀《りゅうぎ》というだけに違《ちが》いない。

誰《だれ》もいなくなった謁見《えっけん》の間で、アルシェイラはソファに深く身を沈《しず》めた。かつてない昂揚《こうよう》が身を覆《おお》っている。

それと同程度《ていど》に、苦さもある。

リーリン。

彼女を地獄へと引きずり込むのも、また自分なのだ。

アイレイン・ガーフィートの血を受け継《つ》ぐ、自分たちなのだ。

†

王宮の空中庭園に、その姿《すがた》はあった。

ゆったりとした衣服は脱《ぬ》ぎ棄《す》てられ、ズボンだけの姿だ。きつい陽光がじりじりとその肌《はだ》を焼く。年齢《ねんれい》と相反した艶《つや》のある肌で、隆々《りゅうりゅう》とした筋肉《きんにく》がその肌を張《は》りつめさせている。

ティグリスだ。

先日、そこには女王とカナリスがいた。女王がなにをしたのかは知らない。そこでツェルニを見ていたことも、ティグリスは知らない。だが、その時の彼女と同じように、ティグリスはそこで弓を構《かま》え、そしてそれをツェルニに向けていた。

すでに一般人《いっぱんじん》でも目視《もくし》のできる距離《きょり》に学園都市はある。一般人の退避《たいひ》はすでに始まっており、それももうすぐ終わるだろう。いまは、大きな移動《いどう》の喧騒《けんそう》がグレンダンの空気を掻《か》きまわしていた。

弦《つる》を引いている。金属製《きんぞくせい》の弦だ。鋼糸《こうし》ほどではないが、不心得者が力任《ちからまか》せに引いただけでは指が飛ぶことになるだろう。ティグリスはそれを、弓がしなるほどに引いている。矢はない。剄を矢と変えるのが武芸者の弓術《きゅうじゅつ》だ。それはつまり、剄を走らせていないということになる。衝剄《しょうけい》だけでなく、内力系活剄も、実は使っていない。身の内で鍛《きた》え育てた筋力《りょく》だけで引いている。それもまた、高齢《こうれい》の老人としては尋常《じんじょう》のことではない。

（荒《あ》れていますね）

声をかけてきたのはデルボネだ。

「これが荒れずにおれるか。もしかしたら、あの時の甘《あま》さが今の事態《じたい》を招《まね》いたのかもしれんのだからな」

謁見の間での、好々爺《こうこうや》とした話し方ではない。もっとぶっきらぼうで、砕《くだ》けた話し方となっていた。心がささくれだっているからであり、付き合いの長いデルボネだけが相手だからというのも、もちろんある。

（そう思っていますか）

「思うさ。それはな。ヘルダーのガキが逃《に》げたのは別にかまわん。どれだけ強くなろうと、心が惰弱《だじゃく》であれば意味はない。そういう血が残らなくて良かったと考えれば、あいつの逃《とう》亡《ぼう》はむしろ諸手《もろて》を挙げても良い。だがな……」

思い返す。あの時のことを。もう、十六年も昔のこと。メイファー・シュタット事件《じけん》と呼《よ》ばれたあの時のことを、ティグリスは思い出さずにはいられない。

その時も、ティグリスはこの空中庭園にいた。この場所は、都市の全貌《ぜんぼう》を見渡《みわた》すには絶《ぜっ》好《こう》の場所でもあるのだ。

虫どもが騒《さわ》いでいる。外来区だ。宿泊施設《しゅくはくしせつ》の一つに汚染獣《おせんじゅう》が湧《わ》き、武芸者たちによって包囲網《ほういもう》が完成していた。

ティグリスは、結果を待っていた。汚染獣が退治《たいじ》されたという結果ではない。それは予想外のことだ。あの中では別のことが進行していた。その結果が届《とど》けられるのを待っていた。

（ティグリス）

背後《はいご》から、デルボネの端子《たんし》が話しかけてきた。一つではない。いくつかの端子が集まっている。彼女もいま、忙《いそが》しい。包囲網を敷《し》く念威《ねんい》繰者《そうしゃ》たちに情報攪乱《じょうほうかくらん》をかけているのだ。それと知らせず、しかし要所の情報を与えない。こんなことが複数人《ふくすうにん》に同時にしかけられるのは彼女だけだろう。

「どうだ？」

（半分は成功ですが、半分は失敗です）

「失敗の具合によるな、それは」

なにもかもがうまくいくということは、世の中にはそれほどない。それをティグリスは承知《しょうち》している。だが、なにを失敗したのか、それを知らなければ安心できそうにない。

（ヘルダー様は死亡《しぼう》しましたが、それで手のものは全滅《ぜんめつ》しました。娘《むすめ》は生きています。そして、赤ん坊《ぼう》も。もはや新たな者をあの内部に内密《ないみつ》に侵入《しんにゅう》させるのは無理です）

あの宿泊所に、ヘルダーは逃亡《とうぼう》していた。今日、グレンダンにやってきた放浪《ほうろう》バスに乗るつもりだったのだ。逃亡の計画は巧妙《こうみょう》だった。外に女を囲っていることは知っていた。

だが、懐妊《かいにん》の事実を知るまでが遅《おそ》すぎた。

そして突然《とつぜん》の逃亡。

なぜ？　ティグリスは最初、彼の行動の真意が理解《りかい》できずに迷《まよ》った。婚約者《こんやくしゃ》であるアルシェイラの悋気《りんき》を恐《おそ》れたのか？　しかし、アルシェイラにそんな気持ちがないことは承知しているはずだ。あれは、ヘルダーになんの興味《きょうみ》もない。それに不満を持ち、外に心の通った女を持つ。そのことに誰《だれ》も文句《もんく》は言わないだろう。その女が子を産んだとしても問題はない。家督《かとく》の問題に食《く》い込《こ》んでさえ来なければ。

一般人によって薄《うす》まった血に、王家は興味がないのだ。

それなのに、なぜ逃《に》げる？　ヘルダーとて、それは理解しているはずだ。

そこまで考えた時、体の中を冷たいものが走り抜《ぬ》けた。まさか、と考えた。そうすると体が震《ふる》えた。すぐさまデルボネと話を通し、リヴィン家へと指示《しじ》を飛ばした。隠密《おんみつ》行動を得意とし、政治的《せいじてき》な闇《やみ》を担当《たんとう》するのがリヴィン家だ。事情《じじょう》の説明を必要とすることなく、刺客《しかく》はすぐに放たれ、そしてヘルダーは死んだ。

(どうしますか？　赤子はいま、母親によって運ばれています。母親の方も負傷《ふしょう》していますし、この状況《じょうきょう》です。放っておいても死ぬと思われますが)

ティグリスも武芸者の視力《しりょく》で外来区の状況を見つめている。宿泊所を囲む包囲網に変化はない。内部に現《あらわ》れたという汚染獣にもたいした動きを見せてはない。だが、デルボネの話ではその汚染獣はヘルダーを守るかのように突如《とつじょ》として現れた。すぐ側《そば》にいた一般人が突如として変化したという。

どういうことか？　奴《やつ》らの仕業《しわざ》か？　気取られたか？　だが、そうだとしたらあまりにも弱々しい兆候《ちょうこう》だ。そうではないのか？　ただの老生体か？

奇妙《きみょう》な状況だ。汚染獣は人型だと言うデルボネが見る限《かぎ》り、老生体にある標準《ひょうじゅん》的な能《のう》力《りょく》を下回っているようだとも言う。

冷たい予感が、またも背中《せなか》を粟立《あわだ》たせた。

やはり、そうなのか？　だとしたらあれは汚染獣ではないのか？　それとも汚染獣すらも利用できるのか？

迷っている内に変化が起きた。

包囲網から、一人、宿泊施設《しせつ》に向かって飛び出していく姿《すがた》があった。

見たことがある。サイハーデンという小さな流派《りゅうは》の主だ。

名は、デルク・サイハーデン。

異変《いへん》に気付いたのか。いや、自らの勘《かん》を信じる者ならば、念威繰者だけの報告《ほうこく》のみをただ聞いてはいないだろう。たしか、あれは小隊長格《かく》だったはずだ。つまり、強いということだ。ならば、念威繰者の報告と自らの感覚の間にある差に気付いたのかもしれない。

　それを自らの目で確認《かくにん》に向かったか？

　他の状況でならば、統率者《とうそつしゃ》としてはともかく、武芸者《ぶげいしゃ》としては称賛《しょうさん》に値《あたい》する。だが、この時ばかりは苦い気持ちになる。

　弓を構《かま》える。剄を走らせ、矢と。

（殺すのですか？）

「たとえ武芸者として生まれたとしても、血が薄い。弱いということは不幸だ。この世界ではな。発現《はつげん》していたとすれば、その不幸はどれほどだ？」

（もう、二度とないかもしれませんよ）

「それでも、時は来るはずだ。そしてその時に死力を尽《つ》くす。それは変わらん」

　剛直《ごうちょく》に、ティグリスは言い放った。

　デルボネが迷っている。彼女の情報がなければ宿泊施設の壁《かべ》を抜《ぬ》いて正確《せいかく》に射抜《いぬ》くことはできない。宿泊施設ごと破壊《はかい》するか？　爆発《ばくはつ》の中で奇跡《きせき》的に生き残ることも考えられる。そういう余地《よち》もないほどにやるとすれば、外縁部《がいえんぶ》が一部欠けることになるが、それもまたしかたがないか？

「デルボネ、このままではどちらにしろ死ぬのだ。汚染獣に喰《く》わせるか、俺に殺させるか、お前が選ぶしかないぞ」

気付けば、若《わか》いころのように俺と言っている。

老いたと思った。このまま、老いさらばえるだろうと考えていた。

だが、そうではないかもしれないと、いま、感じているのだろう。

自分が生きている内に時が来るかもしれないと思ったのだろう。

ならば、死ぬわけにはいかない。老いるわけにはいかない。肉体的にも精神的にも。

「デルボネ」

もう一度、呼びかけた。これが、最後通告だと、言外に意味をこめた。デルボネの端子《たんし》は短く沈黙《ちんもく》を保《たも》ち、やがて小さく言葉を発した。

(賭《か》けましょう。ティグリス、あの、武芸者に)

「なんだと?」

外来区では、飛びだしたデルクが宿泊施設に侵入《しんにゅう》していた。戦いの音が聞こえた。それは短く、再《ふたた》び静寂《せいじゃく》が訪《おとず》れた。

(あの武芸者《ぶげいしゃ》が、あの子を守り切れるかどうか。できるのであれば、それはあの赤子に運があるということです。なにかがあるということだと、わたしは思います)

「ぬるいな」

言った。しかしティグリスは弓を下ろした。衝勁《しょうけい》も散らした。視力《しりょく》だけは維持《いじ》し、殺気を孕《はら》んだ宿泊施設を睨《にら》み付けた。

「だが、いいだろう。ここで死ぬか、修羅《しゅら》の果てを見ることになるか、選ばせたいというなら選ばせてやろう」

その、どちらが幸せか……一瞬だけ考えて、無意味な考えだと首を振った。

そして、あの赤子は生き残った。

「殺すべきだったと、いまでも思っている」

矢をつがえていない弓を構《かま》えたまま、ティグリスは呟《つぶや》いた。視線の先にはツェルニがある。アルシェイラが地獄《じごく》の入口だと言った惨状《さんじょう》がある。

赤子だったものが成長してそこにいる。

なんのために生きてきたのか。一般人《いっぱんじん》として、普通《ふつう》に成長し、仕事をし、恋《こい》をし、子供《こども》をなす。そういう普通の中で生きていくべきなのだ。武芸者でないのならば。

だが、一度下ろした弓を、再びあの娘《むすめ》に向けることはできなかった。デルボネとの賭けがあったからではない。ティグリスとて、人なのだ。武芸者だが、グレンダン三王家のひとりだが、人なのだ。敵《てき》ではないもの、赤子を殺すための心の勢《いきお》いは、あの時に削《そ》がれてしまっていた。

（それでも、あの子は幸せを知りました）

「それは、より不幸になったということではないのか？」

幸せを知らなければ不幸もわからない。ティグリスはそう言いたかったが、デルボネは淡《あわ》い笑《え》みの雰囲気《ふんいき》を漂《ただよ》わせるばかりで、黙《だま》っている。

「おじい様」

背後《はいご》から呼《よ》びかけられ、ティグリスは弓を下ろした。

孫が、庭園の入り口に立っている。

「どうした、クラリーベル？」

「武芸者たちが騒《さわ》いでいます。これはなんなのかって……」

少年のような格好《かっこう》を好む孫だった。

だが、その身は女であり、その顔は美しいとさえ言える。剣帯《けんたい》を下げた短ズボンから覗《のぞ》く足はすらりと細く、肌《はだ》は輝《かがや》いている。癖《くせ》のない長い髪《かみ》は奇妙《きみょう》な色合いをしていた。そのほとんどが黒いのだが、一部が白い。染《そ》めたわけではなく、生まれ付きそうなのだ。

「わしではなく従姉《いとこ》に聞いたらどうだ？」

ティグリスの孫という意味でなら、女王もまたそうだ。

「嫌《きら》いです。不合格って言われましたから」

ろう。

唇《くちびる》を尖《とが》らせる孫に、祖父《そふ》は笑った。そんな恰好をしていても、やはり女だということだ

「それよりも、外です。目の良いものはもう見えています。学園都市ですけど、その上は汚染獣だらけ。グレンダンの移動《いどう》はどういう意味があるのだろうって」

「汚染獣がいるとわかっているのならば、グレンダンがやることは一つだ」

「ですけど、他所《よそ》の都市のことですよ、おじい様」

「どこであろうと、目の前に汚染獣がいる。ならば狩《か》る」

その言葉にクラリーベルは納得《なっとく》のいかない顔をして去っていった。

(お孫さん、ずいぶんとお強くなられているようね)

「なに、それほどではないな。レイフォンに比《くら》べればな」

(その子もまた、あの場所から生き残ったのですよ)

デルボネに言われ、ティグリスは苦い顔を浮《う》かべた。

(あの子を天剣に推《お》さないのですか?)

「じじ馬鹿《ばか》かもしれんが、もう少し痛《いた》い目にあってからの方がいいだろう。負けを知らんせいか、驕《おご》っている」

天剣は一つ空いている。レイフォンの持っていたヴォルフシュテインだ。それを孫に与《あた》

えることはたやすいだろう。いまのところ、他の武芸者たちの中から際立《きわだ》った腕《うで》の者は顔を出していないのだ。

アルシェイラも空いた天剣を誰《だれ》かに授《さず》けようとはしない。その試合を設《もう》けることもしない。クラリーベルでは満足できないということなのだろう。

(十二人揃《そろ》ってこその天剣。でも、この戦いには間に合いませんね)

「なぜ揃わねばならんのか。それをわしらは知らんからな」

素気《すげ》なく言い、ティグリスはツェルニを見た。

だいぶ、近づいていた。

04 魍魎《もうりょう》都市

なにが起きているのか、それを正確《せいかく》に理解《りかい》している者は、ここには誰《だれ》もいなかった。

だが、なにかが進行し続けている。

ツェルニの地上部分を突如《とつじょ》として覆《おお》った汚染獣《おせんじゅう》の群《む》れ。だが、その汚染獣たちは、まるで仲違《なかたが》いをしたかのように争《あらそ》いあっている。

その気配だけが骨身《ほねみ》に染《し》みて、ニーナは歯を食いしばった。

デルボネ、と端子《たんし》からの声は名乗った。

グレンダンの者であると。

カリアンの側《そば》にあった端子がフェリの声で通信を繋《つな》ぎ、そしてこの人物が喋《しゃべ》り出したのだ。

「地上の汚染獣はこちらで処分《しょぶん》いたしますので、ご安心を」

のんびりとした老女の声だった。場にそぐわない。思わず、肩《かた》から力が抜《ぬ》けてしまうような声だった。

実際《じっさい》、それは安堵《あんど》を呼《よ》ぶ言葉だった。ツェルニの武芸者《ぶげいしゃ》たちはもう限界《げんかい》だ。都市戦を中《ちゅう》断《だん》させられての汚染獣戦の連続……負傷者《ふしょうしゃ》は多数。死者の報告《ほうこく》はいまのところ聞いていないが、重傷者の中からそれが出てきたとしてもおかしくはない。

助かったのだ。カリアンの周りにいる生徒会の面々ははっきりと安堵の表情《ひょうじょう》を浮《う》かべた。

だが、カリアンの表情は複雑《ふくざつ》だ。

そして、ニーナも複雑だった。

彼らの目的は廃貴族《はいきぞく》にある。もしかしたら他《ほか》にもあるのかもしれないが、それはわからない。傭兵団《ようへいだん》を先兵としたいままでの動きは、全《すべ》て廃貴族に向けられていた。

いま、その廃貴族がどこにいるのかわからない。少し前まではニーナの中にいた。それがどこかに行った。ニーナを見捨《みす》てて、別の者に憑依《ひょうい》したのかもしれない。

もしも、目的のものがすぐに見つからなかった時、グレンダンはどうするだろう？　あるいは別の者に憑依したとして、それがツェルニの学生であったなら、カリアンはどんな決断を下すのか。

だが、デルボネは廃貴族のことにはなにも触《ふ》れなかった。素振《そぶ》りさえも感じさせなかった。

グレンダンとの話し合いは、あくまでも汚染獣掃討《そうとう》の部分のみで話が進み、そしてデルボネは去っていった。

カリアンは念威《ねんい》繰者《そうしゃ》によって映像化《えいぞうか》された地上に目をやった。

「なにかが起こっている」

そう呟《つぶや》く。それは確《たし》かだ。だが、それがなにかを、ここにいる誰もが知らない。

カリアンが背後《はいご》にいた錬金《れんきん》科長を呼《よ》んだ。

その時になって、初めて彼を見た。名前は知っている。だが顔と名前は一致《いっち》していなかった。

「これは、アレかな？」

「そうとしか思えない。あれは、守護獣《ガーディアン》だ」

「守護獣《ガーディアン》？」

首を傾《かし》げたが、すぐに思い出した。

以前、フェリが巻《ま》き込《こ》まれた奇妙《きみょう》な事件《じけん》だ。ニーナが入学するよりもずっと前の錬金科によって研究・開発が行われ、そして中止になったという。それが守護獣《ガーディアン》計画だった。

ニーナはその時、間に合わなかった。だから、フェリを襲《おそ》ったという化け物を直接《ちょくせつ》には見なかった。

どちらがそうなのか。いや、もしもそれが守護獣《ガーディアン》としての本来の機能《きのう》を果たしているのならば、あのミミズのような化け物がそうだろう。奴《やつ》らは果敢《かかん》に、集団《しゅうだん》でもう一つの巨人《きょじん》のような化け物に襲《おそ》いかかっている。

「私たちの知らない場所に、格納《かくのう》されていたのか？　これだけの数が？」

「まさか。この間の、例の崩落事故《ほうらくじこ》の時、都市全体の耐久検査《たいきゅうけんさ》を行った。そんな場所があれば気付いたはずだ」

「調べられない場所はいくらでもある。地下は迷宮《めいきゅう》だ」

生徒会の面々がなにかを話している。

「だが、あれだけの生命体を維持《いじ》するとなればそれだけの施設《しせつ》とエネルギーが必要だ。その流れが把握《はあく》できなかったなんてことは……」

錬金科長が言葉をとぎらせた。

なにかを思いついた顔だ。

「カリアン、確認《かくにん》したいことができた」

「私も、できれば確認したいね」

錬金科長とカリアンの間だけで、なにかが交《か》わされる。

「だが、あそこはシェルターからは通じていない。一度、地上に出なければならないぞ」

「かまわない」

錬金科長は、細身の、むしろ痩《や》せすぎた男だった。だが、その目は熱を帯び、外へ出るというのにまるで恐怖《きょうふ》を感じていない。

「護衛《ごえい》が必要だ。武芸者《ぶげいしゃ》、念威繰者《ねんいそうしゃ》……隊ごと使いたいが、全《すべ》てが無事な隊はないだろう。選別しなければならない」

カリアンがメガネを直しながら呟《つぶや》く。

「ヴァンゼに連絡《れんらく》を。掃討《そうとう》をグレンダンに任《まか》せることができるのなら、護衛には精鋭《せいえい》を集めることができる」

ヴァンゼはすぐにやってきた。ゴルネオとシャンテも連れている。カリアンはヴァンゼを引きよせてニーナたちから離《はな》れた場所で話し始めた。

「無事だったか」

ゴルネオがこちらを確認して話しかけてきた。

「グレンダンが来た」

「なんだと？」

ゴルネオの額《ひたい》にはガーゼが当てられていた。血が滲《にじ》んでいる。その顔には驚《おどろ》きがあった。芝居《しばい》とは思えない。

「廃貴族《はいきぞく》とは、なんだ？　彼らはどうしてそこまで、あれを求めるんだ？」

「詳《くわ》しいことはおれにもわからん。だが、廃貴族は力だ。その力をグレンダンは求めている」

「それは、グレンダンの政府《せいふ》がという意味か？」

「いや……グレンダンが、だ」

ゴルネオは静かに首を振《ふ》った。

「これは、グレンダンでも一部の者しか知らない。本当なら、王家との関《かか》わりのないルッケンス家は知らないことになっている。いや、おれは廃貴族そのものを信じてなかった。だから、誰かが作った昔話だと思っていた」

ゴルネオの背後《はいご》でカリアンとヴァンゼはまだ話をしている。少し揉《も》めているようだ。あれでは決まるのにまだ時間がかかるだろう。

「どうしてだ。どうして、電子精霊《せいれい》が廃貴族を求める？　ツェルニは、拒絶《きょぜつ》をしているように思えたのに」

「グレンダンもまた、廃貴族だからだ」

「なんだって？」

一瞬《いっしゅん》、理解《りかい》できなかった。ゴルネオの顔を見る。嘘《うそ》を言っているようには思えない。

「普通《ふつう》の都市がやらないことをやっている。その理由を真面目《まじめ》に考えたことはあるか？　いや、ないだろうな。おれはある。だが、ばかばかしくなってすぐに止めた。だが、結局はそれが事実だ。グレンダンは廃貴族だ」

そうだ、思い出した。

マイアスで、サヴァリスに会った時。リーリンになにかが起こっていた。その後で、サヴァリスは現《あらわ》れたのだ。

彼はなんと言った？

確《たし》か……

「真の意思……」

そう言ったのだ。

「グレンダンには、電子精霊とは別の意思があるのか？」

「そう聞いている。これも知っているのは王家を除《のぞ》けばうちだけだ。初代天剣授受者《てんけんじゆじゆしゃ》の家《か》系《けい》で正統《せいとう》が残っているのは、ルッケンスだけだからな」

自慢《じまん》をしているようには見えなかった。いや、それにしてもどうしてこんなに簡単《かんたん》にそれを教えてくれるのだろうか？　そちらの方が気になった。

「おれは、ツェルニの武芸者だ。たとえグレンダンに帰るとしても、いまはそうだ」

ニーナの表情《ひょうじょう》を読んだのか、ゴルネオはぽつりと言った。

「グレンダンがツェルニになにかをするというのなら、立ちふさがる。……おれごとき、相手にさえしてもらえんかもしれんがな」

言葉に悲壮《ひそう》感が宿る。

だが、次の瞬間。

「のあっ！」

いきなり、ゴルネオがのけ反った。

離《はな》れていたシャンテがゴルネオの頭に飛び乗ったのだ。首に足を回し、短い金髪《きんぱつ》を摑《つか》む。

「心配するな！　みーんな、あたしが倒《たお》してやるから！」

「おまえな、そんな気楽に」

「難《むずか》しく考えたってしかたない。敵《てき》は倒す。それだけでいい」

シャンテの明るい言葉にニーナは表情を緩《ゆる》めた。困《こま》ったゴルネオの顔が面白《おもしろ》くて、小さく声が零《こぼ》れた。

カリアンとヴァンゼの話が決まった。

カリアンと錬金《れんきん》科長を護衛《ごえい》して、シェルターから地上へと抜《ぬ》け、目的の場所に向かう。

護衛にはニーナも指名された。他《ほか》にシャーニッドとゴルネオ、シャンテ。

ヴァンゼはなにかあった時のためにシェルターに残ることになった。

「これだけで?」

わずか四人だ。危険《きけん》地帯を、ツェルニ生徒会の要人を護衛して進むにしては少なすぎる。

「隊長クラスで戦闘不能《せんとうふのう》になっていないのはお前たち二人だけだ」

「そりゃ、不景気なこって」

苦い事実だ。シャーニッドがそう言わなければ驚《おどろ》きの声を上げたかもしれない。ニーナは喉《のど》まで上がった声を飲み下した。いまは普通の状態《じょうたい》ではないのだ。いちいち驚いてはいられない。

「休ませられる者は休ませてやりたい。無理をして確認《かくにん》しなければならんこととは思えんからな」

揉《も》めていた理由はそれなのだろう。ヴァンゼの顔はいつでも機嫌《きげん》が悪い。いまは顔色まで悪い。最初の幼生《ようせい》体を受け止めたのはヴァンゼが率《ひき》いていた部隊だったのだ。そこから全体の指揮《しき》をしながら戦い通しに戦ったのだ。この男こそ寝《ね》てなければならないぐらい疲《ひ》労《ろう》しているのかもしれない。

ニーナの手首の痛《いた》みは、ここまでの間に処置《しょち》を受けている。完全に治っているわけではないが痛みを無視《むし》できるぐらいには和《やわ》らいだ。ゴルネオにしてもシャンテにしても包帯とは無縁《むえん》ではなかった。一見、無傷《むきず》に見えるのはシャーニッドだけだが、その目は赤い。精《せい》密射撃《みつしやげき》をするために視神経《ししんけい》にかなりの負担《ふたん》がかかっているのだろう。さっきから何度も目薬を使い、こめかみや目を揉《も》んでいる。

「無事に行く算段《さんだん》はできたのかい？」

目薬が染《し》みたのだろう、シャーニッドは天井《てんじよう》を見上げたまま尋《たず》ねた。

念威繰者《ねんいそうしや》が空中のモニターを地図に変えた。ヴァンゼが説明する。

「Ｅ１ゲートから出る。目的地からはやや遠いが、そこが一番、汚染獣《おせんじゆう》の数が少ない。向こうがこちらを探知《たんち》する方法が嗅覚《きゆうかく》だと仮定《かてい》して、念威繰者には各所で磁性《じせい》結界を張《は》らせ、風の流れをある程度《ていど》制御《せいぎよ》する。だが、視認されれば効果《こうか》がない」

「おっかなびっくり歩くしかないってな」

シャーニッドの冗談《じようだん》交じりの言葉に、ヴァンゼは頷《うなず》いた。

「そうだ。見つからないことが最善《さいぜん》だ。敵《てき》の能力《のうりよく》がどれほどかわからん。怪我《けが》した未熟者《みじゆくもの》四人で倒せるかどうかもわからん。長引けば集まってくるだろう。化け物同士で食い合っている。その混乱《こんらん》は最大限《さいだいげん》に利用する。ルートの指示《しじ》はこちらが出す」

「グレンダンの救援《きゆうえん》を待った方がいいのではないか？」

ゴルネオだ。答えたのは、ヴァンゼではなくカリアンだった。

「彼らの目的が明確ではない。それに、これは予断《よだん》を許《ゆる》さない問題でもある。場合によってはツェルニ自体になにかの問題が起きるかもしれない」

「それは、電子精霊《せいれい》という意味ととっても?」

「もちろんだ」

ゴルネオの質問《しつもん》にカリアンはしっかりと頷いた。ツェルニの問題と聞いて、ニーナも気を引き締《し》めた。カリアンの目的はわからない。だが、電子精霊の問題であれば、見過《みす》ごすわけにはいかない。

「暫定《ざんてい》のルートはこれだ。各自おぼえておけ。おぼえたな? それでは行け」

ヴァンゼの言葉で、ニーナたちは移動《いどう》を開始した。

シェルターの通路を進む。途中《とちゅう》で美味《うま》そうな匂《にお》いが漂《ただよ》ってきた。シェルター内部にある、食堂だ。そこに大勢《おおぜい》の人がいた。ほとんどが女性《じょせい》だった。武芸者《ぶげいしゃ》たちの食事を作っているのだという。シェルター内部での避難《ひなん》生活中は、ほとんどが保存食《ほぞんしょく》だと聞いている。それがいまは、奥《おく》の厨房《ちゅうぼう》だけでなく表の食堂のテーブルにまでコンロを出し、大勢で煮炊《にた》きをしていた。

「温かい食事ができるだけでも、気は休まるからね」

カリアンの言葉だ。

ニーナは食堂の中にリーリンの姿《すがた》を見た。

　リーリンもこちらに気付いた。

　ニーナはおやっと思った。近づいてくる。疑問《ぎもん》がはっきりとした。表情《ひょうじょう》が暗い。こんなところに籠《こも》っていれば、それも当然かもしれない。だが、気になった。

「どうしたの？」

「任務《にんむ》があってな」

　曖昧《あいまい》に答えると、リーリンはニーナたちを見た。

「ちょっと待って」

　リーリンは食堂に戻《もど》り、大きなトレイを抱《かか》えて戻ってきた。

「ゆっくりできないなら、歩きながらでも食べて」

　トレイの上にはサンドイッチと、紙コップに注がれたスープがあった。

「助かる」

　空腹《くうふく》の感覚はなかったが、そういえば長く食べていないような気もする。ニーナはありがたく受け取った。

「大丈夫《だいじょうぶ》か？」

　尋《たず》ねると、リーリンは笑顔《えがお》を浮《う》かべた。

「うん。わたしは大丈夫」

だが、ひっかかる。それはニーナに馴染《なじ》みのある雰囲気《ふんいき》だった。強がりだ。だが、こんな状況《じょうきょう》でもある。明るい顔をしていようと、そうでなかろうと、誰《だれ》もが心をしっかりさせたがっている。リーリンのその笑顔もそれだけのことかもしれない。

しかし、それを追及《ついきゅう》している時間はなかった。ゴルネオが低い声で呼《よ》ぶ。ニーナは受け取った料理を持って、歩き出した。

「リーリン、目が痛《いた》いなら医者に診《み》てもらえよ」

彼女がひどく驚《おどろ》いた顔をした。それでも閉《と》じたままだった片目《かため》は開かなかった。悪い病気じゃなければいいと思ったが、ニーナは足を止めなかった。

レイフォンのことを聞かれなかった。その素振《そぶ》りさえ見せなかったことに驚いた。信じているのだろうと考えると、胸《むね》に痛みさえ走る。

そして、それを伝えなかった自分はどうなのか？

スープを口に含《ふく》む。

温かさが身に染《し》みた。

†

ゲートを抜《ぬ》けると、違《ちが》う空気が鼻孔《びこう》を襲《おそ》った。シェルター内部の清浄化《せいじょうか》された空気とは大きく違う。幼生体《ようせい》と戦っていた時の粉っぽい空気ともやはり違う。

空はいつの間にか、夜を示《しめ》していた。星はない。月もない。厚《あつ》い雲が空の全《すべ》てを覆《おお》っているようだった。地上部分の電気はあらかた止められていて、明かりはない。道の各所にある非常灯《ひじょうとう》だけが、淡《あわ》く、暗闇《くらやみ》に線を引いていた。

音はそこら中に満ちていた。汚染獣《おせんじゅう》たちの吠《ほ》え声。だが、それはいまのところ遠くにある。空から降《ふ》ってきたというが、新しいものがやってくる様子はない。

それらよりもはるかに激《はげ》しく、はっきりとした音が都市全体を覆い包んでいた。規則正《きそく》しく轟《とどろ》くその音は、頼《たの》もしくもあり、そして不吉《ふきつ》な予感もさせる。

グレンダンの足音だ。

「急ぎましょう」

錬金《れんきん》科長が先に進もうとする。ゴルネオとシャンテが先に立ち、カリアンたちを挟《はさ》む形で、ニーナとシャーニッドが後ろに立った。シャンテは夜目が利《き》くという。光がなくとも闇《やみ》を見通せるというのだ。彼女の生《お》い立ちがそれを可能《かのう》にしたという。

ゴルネオが非常灯の明かりを頼《たよ》りに、ルートを進む。シャンテの目が近寄《ちかよ》って来るものがないか見張《みは》る。

いまのところ、ルート変更《へんこう》の指示《しじ》はない。ヴァンゼの考えた、磁性《じせい》結界による風の流れの制御《せいぎょ》が功を奏《そう》しているのかもしれない。

ニーナも気を張って周囲を確《たし》かめる。シャーニッドの目もあった。近づいてくる気配は感じられない。

これはなんなのだろう？　いま現在《げんざい》自分たちがしている行動も、そしてこの都市を取り巻《ま》く状況も。

けっして、普通《ふつう》のことではない。わかっているのはそれだけだ。そして、わからないままに全てが進行しているような気がする。

この闇のようなものだ。微《かす》かに見える事実という明かりだけでニーナたちはこの窮地《きゅうち》を切り抜けていかなくてはならない。

大きなことが動いている。その中で、ツェルニは生き残ることができるのか？　不安は常《つね》にそれに行きつく。廃貴族《はいきぞく》はどうなったのか？　グレンダンは汚染獣を倒《たお》しただけで去るのか？　あくまでも廃貴族に拘《こだわ》るのか？

行方《ゆくえ》がわからなくなったと知った時、彼らはどうするのか？

その時は、我《わ》が身《み》を捧《ささ》げなくてはいけないかもしれない。ニーナはそう思った。彼らに廃貴族の行方を探《さぐ》る術《すべ》がなければ、それで誤魔化《ごまか》せる。嘘《うそ》だとわかった時、どうなるのか？　そのことは、考えない方がいい。

「なんか、暗いこと考えてるだろう？」

　シャーニッドが抑《おさ》えた声で話しかけてきた。

「単純《たんじゅん》だからな。簡単《かんたん》に推理《すいり》できるぜ」

　驚くニーナに、シャーニッドは周囲の警戒《けいかい》をしながら呟《つぶや》いた。

「身代わり、だろ？　やめとけよ。そんなことしたって誰もよろこばねぇ」

「しかし……」

「レイフォンが無茶《むちゃ》をする」

　その言葉に、ニーナは戸惑《とまど》った。

「なぜ、レイフォンがそんなことをする？　あれが一番、グレンダンを知っているんだぞ
無茶をするはずがない」

「お前がいなかった時のレイフォンを見ればな。それぐらいは見当がつくぜ」

　マイアスにいた時のことだ。

　戻《もど》ってきた時のことを思い出した。ニーナはカリアンを見た。彼の背《せ》は先導《せんどう》するゴルネオを追うことに集中して、こちらの会話に気付いた様子はない。

　あの時、カリアンに言われた。元に戻した。そう言われた。武芸者《ぶげいしゃ》としてなんの目的も持たないレイフォンはニーナに戦う理由を預《あず》けている。それではだめだと、カリアンは考

えていた。

いまも、それは変わらないだろう。

武芸者だから戦う。そんな、ニーナにとって、武芸者にとって当たり前の理由はレイフォンには通用しない。強過《す》ぎた。そして生まれた環境《かんきょう》が特殊《とくしゅ》過ぎた。彼が守りたいと思い、そうしてきた者たちを、その者たちのために裏切《うらぎ》り、そして見捨《みす》てられた。

そんなレイフォンを戦いの場に引きずり込《こ》んでいるのが、ニーナなのか？　何度も自問し、その度《たび》に肯定《こうてい》した。するしかなかった。その力に頼《たよ》るしかなかったともいえる。

「たしかに、あいつは武芸者としては嫌《いや》になるぐらい一流だ。上に超《ちょう》が付くだろうな。普《ふ》段《だん》はぼんやりしてるが、戦いに関しては現実的だ。だけどな、どの戦いを選ぶか、なんてことはしない。狙《ねら》い定めた目標があったら、たぶん、負け戦《いくさ》にだって飛び込むだろうぜ。そんな気がする」

「そんなことはない。あいつは、わかってるはずだ」

訓練の時のレイフォンは、確《たし》かに普段とは違《ちが》う。いや、こと武芸に関してならば、彼は鋭《するど》く、冷たい。嫌な奴《やつ》とすら思ってしまう。弱い者にははっきりと弱いと言う。それだけ、激《はげ》しい道を歩いて来たのだ。十歳《さい》の時に天剣《てんけん》を授《さず》かったという。それから、いやそれ以前から汚染獣《おせんじゅう》と戦い続けてきたのだ。十歳以前、ニーナはなにをしていた？　まだ錬金鋼《ダイト》も持たせてもらえなかった。だが、レイフォンはその時にはもう戦場にいて、冷たく不条理《ふじょうり》な現実と向き合っていた。

そんなレイフォンが、戦いで愚《おろ》かな行為《こうい》をする。信じられない。

しかし、シャーニッドは違う考えを持っているようだ。ため息とともに囁《ささや》いた。

「なぁ、あいつが本当に賢《かしこ》かったら、そもそもここには来てないと思わねぇか？」

反論《はんろん》できなかった。

レイフォンは孤児院《こじいん》のために戦っていた。武芸者としての報酬《ほうしゅう》でそれは十分に維持《いじ》できると思えるのだが、レイフォンはそれだけでは足りないと思っていた。グレンダンに住む全《すべ》ての孤児を守ろうとしたのだ。そのために闇《やみ》の賭《か》け試合に出場し、そして発覚した。英雄《えいゆう》だと思っていた者が、そうではなかった。裏切《うらぎ》られたと感じた孤児たちを、ニーナには責《せ》められない。ニーナだって、そう思うかもしれない。

シャーニッドの言う通り、やりようは他《ほか》にもあったかもしれない。ニーナが以前に言った精神《せいしん》のありようではなく、実際《じっさい》のやり方としてうまく立ち回る方法はあったはずだ。殺そうとして殺せなかったと、レイフォンは言った。彼の不正を暴《あば》いた人物を殺せる機会があったのに、そうできなかった。なにかが、彼にそれを止めさせたのだ。孤児たちの英雄《えいゆう》を見る目を、その時になって意識《いしき》してしまったのかもしれないと、ニーナは考えている。闇に隠《かく》れてならそれができたかもしれない。だけれど、大勢《おおぜい》の前で、陽《ひ》の光の下ではそれができなかったのかもしれない。

どこか、不器用だ。それはニーナも思っていた。

「あいつはきっと、お前と似《に》てるんだよ。思いこんだことしかできない。間違ってるとか、このままだとまずいとか、そんなことは考えない。考えたとしても、変えられない。不利な戦いなんて、気にしないだろうな」

「わたしのために、それをするとは思えない。それに、わたしが来るなと言えば……」

「納得《なっとく》すると本当に思ってんなら、おめでたいな」

黙《だま》るしかなかった。なにより、カリアンたちと距離《きょり》が開きそうになっていた。これ以上の会話は心の内部に深く入り込む。それに没頭《ぼっとう》できる余裕《よゆう》はない。シャーニッドもそれがわかっているのか、それ以上はなにも言わなかった。

それから、しばらく進んだ。汚染獣《おせんじゅう》と出会うことはなかった。だが、戦いの音は聞こえてくる。グレンダンの足音も時を刻《きざ》むごとに大きくなる。やってくる方向は、生徒会棟《とう》を中心として、ここから反対側だ。この位置からだと見えるはずがないのだが、そちら側の空だけ闇《やみ》が深いような気がしてならない。

ニーナたちは大きく回り込んで生徒会棟に近づいていった。音がかなり近くに聞こえる。

際《きわ》どい位置にいるのが、いやでもわかってしまう。カリアンの顔は青ざめているように見えた。だが、錬金《れんきん》科長の方は、なにも感じていないかのようだ。ただ、ひたすら目的の場所に向けて急いでいる。思い通りに進めなくて、苛立《いらだ》っているようだった。

生徒会の棟のシンボルともいえる時計塔《とう》が闇の中で浮《う》かんでいた。文字盤が光を発している。どんな時にでも目印になるよう、その灯《あか》りが消されることはない。時計塔を目指す形で林道に入った。

シャンテの足が止まったのは、林の中へと入る道の前だった。枯《か》れ草《くさ》に埋《う》もれているが、木々の間に広い道がある。その奥《おく》には、フェリが出くわした事件《じけん》の、あの建物があるはずだ。

突然《とつぜん》、シャンテが槍《やり》を構《かま》え身を低くしてニーナの背後《はいご》を見た。

（一体、そちらに近づいています）

念威繰者《ねんいそうしゃ》からの連絡《れんらく》の方が遅《おそ》かった。

いきなりだ。生木を裂《さ》く激しい音とともに巨体《きょたい》の影《かげ》がニーナたちに迫《せま》ってきた。

「ここまで来て」

カリアンが舌打《したう》ちする。

「ニーナ、お前たちは会長に付け。おれとシャンテで止める」

ゴルネオが迫る音の正面に立つ。シャンテがその横で槍を構えた。勁《けい》が赤い色に染《そ》まって放たれる。まるで炎《ほのお》の塊《かたまり》のように見えた。

「しかし……」

「問答している暇《ひま》はない。行けっ」

すでに、錬金科長が朽《く》ち果《は》てた建物目がけて走っていた。カリアンがニーナを呼《よ》んでいる。

「死ぬなよ」

「この程度《ていど》で死んでいられるか」

返事を聞き、ニーナはカリアンたちの後を追った。

吠《ほ》え声が林を揺《ゆ》さぶった。木々が連なって倒れる。シャンテの雄叫《おたけ》びが響《ひび》いた。衝剄《しょうけい》の爆音《ばくおん》が続く。ニーナは振《ふ》り返らず、建物の中へと駆《か》け込むカリアンたちの後を追った。すでにシャーニッドは入り口にいて狙撃銃《そげきじゅう》を構えて辺りを警戒《けいかい》していた。射撃《しゃげき》で援護《えんご》を。一瞬《いっしゅん》考えたが、口には出さなかった。あいつの注意をこちらに向けてはいけない。シャーニッドも心得ているらしく、銃爪《ひきがね》を引くことはなかった。

ニーナが入ったすぐ後に、シャーニッドも入る。

中は暗かった。だが、勝手がわかっているらしく、カリアンたちは迷《まよ》いのない足取りで進む。念威繰者もこの場所での危険《きけん》を知らせてこなかった。それでも周囲に注意を向けながら進む。

　やがて、建物の端《はし》に来た。錬金科長の細い手が壁《かべ》を這《は》うと、それがいきなり奥《おく》に向かって開いた。

「隠《かく》し扉《とびら》かよ」

　シャーニッドが口笛を短く吹《ふ》く。

「ここは秘《ひ》密《みつ》の研究所だ」

「そんなものが」

　カリアンの説明に、ニーナは奥へと目を向けようとした。だが、光が欠片《かけら》もないようで、深い闇《やみ》は視《し》線《せん》を拒《きょ》絶《ぜつ》した。

「守護獣《ガーディアン》計画から派《は》生《せい》した、あるものを調べるためだ。ツェルニはずっとそれを調べ続けていた。だが、いまだに解《かい》明《めい》できていない」

　錬金科長に続き、カリアンが闇に入る。後を追う。闇が、まるで水のように思われた。足を踏《ふ》み入れる瞬間に、かすかな抵《てい》抗《こう》を感じたのだ。そして、わずかに息が辛《つら》くなったような気がする。空気が悪いのかと考えた。それとは違《ちが》うようにも思える。

　闇。そればかりがいま、ツェルニには満ちている。地上を占《し》める汚《お》染《せん》獣《じゅう》。それと戦う謎《なぞ》の生物。そしてすぐ近くまで迫っているグレンダン。その闇を圧《あっ》する気配をニーナはここに来るまでの間、感じた。全《すべ》てが違う闇だ。

魑魅魍魎《ちみもうりょう》。そんな言葉が浮《う》かんだ。いろんな闇がこのツェルニに覆《おお》いかぶさっている。それらの中で、ここにある闇はツェルニにずっと以前から居座《いすわ》っていた。

どんなものが、ここにあるのか？

やがて、闇を押《お》しのけているものがあった。やや緑がかった淡《あわ》い光だった。闇はその光の源《みなもと》に近づこうとして、しかし果たせていないかのように思われた。

生き物。この闇が？　そう考えたら、ぞっとした。

光源《こうげん》としてあったものは、大きなガラスの筒《つつ》のようなものだった。内部に液体《えきたい》が詰《つ》まっている。それが緑色の光を放っていた。ガラス筒《とう》は重傷者《じゅうしょうしゃ》を収納《しゅうのう》する治療《ちりょう》ポッドに似《に》ていた。いや、それを利用しているのだろう。

さらに一歩近づく。錬金科長が声もなく立ち尽《つ》くしている。そのため、ポッドのほとんどが見えなかった。一歩横にそれて、その全容《ぜんよう》を見ることができる。

「……なんだ、これは」

ニーナにはそう言うしかできなかった。カリアンも黙《だま》っている。こんな時、こんなものを見れば軽口を言いそうなシャーニッドさえ、なにも言わなかった。

それは、美し過ぎた。少女だ。少女が眠《ねむ》っている。

黒髪《くろかみ》の、白い肌《はだ》の少女が眠っている。眠り続けている。裸身《らしん》だった。だが、そのほとんどは緑の液体《えきたい》が隠している。半ば隠されていてさえ、その美しさに言葉がこれ以上出てこなかった。

「は、ははは……無事だ。無事だ」

錬金《れんきん》科長が乾《かわ》いた笑いを零《こぼ》した。取り憑《つ》かれた声だった。おぞましいものがそばにあるような気がして、ニーナはそちらを見なかった。

「会長、これは……」

少女の標本。これは、そうとしか見えないものだった。

「守護獣《ガーディアン》計画の際《さい》、実験の失敗によって大きな爆発事故《ばくはつじこ》が起きた。それは本当だ」

カリアンを見た。なんとか、見ることができた。少女から視線《しせん》を剝《は》がすことさえ、困難《こんなん》な作業に思えた。

「記録によれば、その爆発によって地下を走るエネルギー網《もう》に大きな損傷《そんしょう》を受けたとなっている。そのエネルギーは暴走《ぼうそう》することなく、この現場《げんば》に留《とど》まり、そしてこの形になったと」

「それは……」

「電子精霊《せいれい》の、ツェルニの一部。当時の錬金科の研究者たちは、そう結論《けつろん》付けた。だが、眠り続けたままだ。そして、このように肉体も持っている。だが、その細胞《さいぼう》の組成が普通《ふつう》の人間のものではない。高位の電磁《でんじ》結界と結論付けられたが、その詳細《しょうさい》は不明だ」

「ツェルニの、一部だって？」

つまりこれもまた、ツェルニだというのか？

しかし、あまりに容姿《ようし》が似《に》ていない。

ただ、気になることは、一つある。ニーナの頭にそれが浮かんだ。ツェルニの一部という言葉が、その疑問《ぎもん》を再《ふたた》び浮かび上がらせた。

ファルニールが逃《に》げる時、その電子精霊とツェルニが交信をした。会話の内容はわからない。そこでなにかの取り決めがなされ、そしてツェルニの姿《すがた》が成長した。電子精霊の生《せい》態《たい》を知っている者など、いないだろう。電子精霊の生まれる地、シュナイバルで育ったニーナだって、それは知らない。

電子精霊の成長が、都市を持つというところで終わるのかどうかもわからない。そもそも、どのようにしてシュナイバルで生まれた電子精霊が都市を生むのかさえ知らないのだ。

それでも仮定《かてい》する。童女の姿から育ったということはどういうことか。成長の過程《かてい》を一つ踏《ふ》んだのか、あるいは、かつて失った姿を取り戻《もど》そうとしているのか。

後者ならば、失ったものがこれだということになる。

だが、だが……

ニーナは再び、ポッドの少女を見て、眩暈《めまい》に似たものを感じた。記憶《きおく》が疼《うず》く。かつて、これを見たことがあるような気がした。ただの既視感《きしかん》だと思う。だが、そんな感覚がどうしても離《はな》れない。

不可解《ふかかい》なもの。そうだ、マイアスだ。

ニーナにとって、不可解なものは全《すべ》てマイアスでの出来事に辿《たど》り着く。ディックとの奇《き》妙《みょう》な出会いの後、彼の運命の一端《いったん》に触《ふ》れたような出来事だった。そしてそれが、自分の運命へと転化しようとしている。どういうものなのか、これもまたわからない。ニーナの中にある闇《やみ》だ。だが、その闇もまた、このツェルニを覆っているものの一つかもしれない。

マイアスでこれを見たのか？　マイアスにも、これがあったか？　なかったはずだ。ただの気のせいか？　だが、頭からその言葉が離れない。なにか、不可解なものがさらにあったはずだ。思い出してみろ。あまりに急なことの連続で、記憶のいくつかが抜《ぬ》け落ちているような気がする。その抜け落ちた中に、それはあったのではないか？

リーリン。

不意にその名前が浮《う》かんだ。マイアスで、リーリンを伴《ともな》って機関部へと電子精霊を運んだ。狼面衆《ろうめんしゅう》に阻《はば》まれた。廃貴族《はいきぞく》の暴走《ぼうそう》で半ば動けなかったニーナは殺される寸前《すんぜん》にいた。

その時、なにに助けられた？　なにが、廃貴族をおとなしくさせた。リーリンの背後《はいご》に、なにかがいたのだ。見ようとしても見えないなにかが、そこにいたのだ。

サヴァリスが真の意思と呼《よ》んだものがそこにいたはずなのだ。だが、ここに来てどうしてそれを思い出したのか。シェルターにいる時、ゴルネオとその話をしたからか。全てを繋《つな》げたいという願望がそうさせているのか。

あの時、見えなかったものがここにあるような気がして、ならない。

「なんだ？」

その声は、錬金科長だ。それで我《われ》に返った。戦いかと鉄鞭《てつべん》を握《にぎ》り直した。だが、建物の外で戦っているだろうゴルネオたちの音さえも、ここには届《とど》かない。

変化はポッドでだ。錬金科長が、側面にある計器に目を向けていた。ほとんど額《ひたい》をぶつけるような勢《いきお》いで齧《かじ》り付いていた。計器の変動がなにを意味するのか、ニーナにはわからない。だが彼の行動が、その変化がかつてないものであることを告げていた。

ゴボリと大きな泡《あわ》がいくつか、底から湧《わ》いた。

少女が目を開いた。

「目覚めた。まさか……」

カリアンが呟《つぶや》く。錬金《れんきん》科長はなにも言えないままに震《ふる》えている。

少女の手が動いた。溶液《ようえき》を掻《か》き、ポッドに触《ふ》れた。次の瞬間《しゅんかん》、全ての光が絶《た》えた。だが、それは本当に一瞬で、すぐに緑の光が周囲を照らした。

少女がポッドから消えていた。錬金科長が甲高《かんだか》い悲鳴を上げた。背《せ》をのけぞらせそのまま倒れた。支《ささ》えようとしたカリアンまでも、足から力を失い。膝《ひざ》を折って倒れた。背後《はいご》で、シャーニッドが同じように倒れた。

ニーナには、なんの変化もない。

「やっぱり、元の体の方が具合は良い。あなたがここに来てくれたことも都合がよかったし。影《かげ》は影ね、やっぱり。他人のものを使うものではないわ。すっきりしないったら」

声は、どこから？

振《ふ》り返った。シャーニッドが倒れている。その奥《おく》に闇がある。緑光に押《お》しのけられた闇がわだかまっている。

その奥に白い顔が浮かんでいた。

「初めまして、お嬢《じょう》さん」

少女がそこにいた。

「お前は……」

「ニルフィリア、そう呼《よ》ばれていたわ。昔はね。いまは誰《だれ》も呼ばない。でも、名前はそれしかないから、やっぱりニルフィリアでいいわ」

弄《もてあそ》ぶかのような話し方だ。そして、ニーナはその言葉に絡《から》め取られそうになっていた。

「あなたのお名前は？」

「……ニーナだ」

気をしっかり持て。そう自分を叱咤《しった》する。気を抜《ぬ》けば、この少女に取り込まれそうだ。この美しさは危険《きけん》だ。そう思った。目を開け、普通《ふつう》に振る舞《ま》うようになって、美しさがさらに増《ま》しているように思えた。

少女は裸身《らしん》ではなかった。黒い服を着ているようだった。こちらに近づいてくる。スカートの揺《ゆ》れが、まるで闇《やみ》そのものが揺らめいたように見えた。

地響《じひび》きが、かすかにこの場所を揺らした。

ニルフィリアが頭上を見上げた。

「影にひかれて、ついに来たわね」

そう、呟いた。

†

巨人《きよじん》はそれを見た。胸《むね》の感覚器官が明滅《めいめつ》し、口だけの顔が人間の行動を真似《まね》るかのように上を向いた。

闇に浮《う》かぶ、大きな球体だった。そして体が確認《かくにん》の動作をした。見た。あるいは察知した。

巨人にできたのはそれだけだった。

次の瞬間《しゅんかん》、それは巨人の胸を叩《たた》いた。肉体の形成を支《ささ》える骨格《こっかく》に衝撃《しょうげき》が走り、そして粉《ふん》砕《さい》された。骨格を粉砕した衝撃は肉体にも駆《か》け回り、全身に亀裂《きれつ》が生じた。

吹《ふ》き飛ばされて倒《たお》れる。

球体には無数の刺《とげ》があり、鎖《くさり》に繋《つな》がれている。それは宙《ちゅう》へと伸《の》びて都市の外にそびえる巨大な影に繋がっている。

鉄球だ。

その、張《は》りつめて伸びていた鎖が緩《ゆる》んだ。

ツェルニの地上に、重い音が響《ひび》く。

次の瞬間、鉄球のそばに巨漢の姿《すがた》があった。巨人よりも低い。だが、人間の基準《きじゅん》ならば見上げるような大男だ。ツェルニの巨漢といえばヴァンゼやゴルネオだが、その二人さえも、この男とならべば見劣《みおと》りする。

ルイメイ・ガーラント・メックリング。

それが巨漢の名だ。

「ああ?」

鉄球の下敷《したじ》きになり、全身から体液《たいえき》を零《こぼ》した巨人を見て、ルイメイは不満げに眉間《みけん》にしわを作った。轟音《ごうおん》を聞きつけて、巨人たちが集まってくる。だが、ルイメイはそれを見ていない。

「なんだなんだ? 弱っちぃ。地獄《じごく》だなんだと、えらく大仰《おおぎょう》に言ってたが、陛下《へいか》の読み違《ちが》いか? 寝呆《ねぼ》けてたか? いや、呆けてんのはいつも通りか?」

鉄球の下で、巨人が身じろぎした。再生《さいせい》が始まる。あの一撃で死ななかったのだ。だがそれでも、ルイメイは動かなかった。

「くだらねぇ、俺様《おれさま》の出番じゃねぇだろう。こりゃ、カルヴァーンのしけた面《つら》でもおいときゃいいんじゃねぇか?」

おもむろに、ルイメイは足を動かした。鉄球の下から脱出《だっしゅつ》しようとする巨人の胸にそれは置かれた。

特に、力を入れた様子はない。だがそれで分厚《ぶあつ》い巨人の胸が踏《ふ》みぬかれた。感覚器がガラスの割《わ》れるような音を立てる。巨人は一度だけ、激《はげ》しく身をよじらせ、それきり動かなくなった。

「動くなよ、虫の分際《ぶんざい》で」

さらに口だけの顔も踏み潰《つぶ》す。

「俺様が喋《しゃべ》ってるだろう？　聞けよ？　聞きまくれよ？　泣いて謝《あやま》る脳《のう》もねぇなら黙《だま》って聞いてろよ。な？」

動かなくなった巨人に淡々《たんたん》と声をかける。動かなくなったことに満足したのか、ルイメイは手にした鎖を振《ふ》るった。

鉄球が浮く。鎖が縮《ちぢ》み、彼の肩《かた》に担《かつ》がれた。

「旦那《だんな》は乱暴《らんぼう》でいけないねぇ」

離《はな》れた場所で、トロイアットがそう呟《つぶや》いた。いつ、ツェルニに舞い降《お》りたのか、ルイメイを囲む巨人たちでさえ気付かなかった。いつのまにか包囲の輪の中に立っている。

二人とも、戦闘衣《せんとうい》を着ていない。都市外戦でもないのに着る必要はない。そう考えていた。汚染獣戦《おせんじゆう》でもそれは変わらない。都市外戦以外なら、戦闘衣でさえ邪魔《じゃま》になる。カウンティアほどではないにしろ、衣服の耐久性《たいきゆうせい》が自分たちの勁《けい》や動きに対してもろすぎるのだ。

「ここは学園都市だぜ？　いたいけな少年少女が群《む》れをなして暮《く》らしてるんだ。しかもそいつらはいま、これのおかげでシェルターで怯《おび》えて暮らしてる。助けてやらんといかんだろう」

トロイアットの言葉に、ルイメイは唾《つば》を吐《は》いた。

「お前の目的に『少年』は入ってねぇだろうが」

「当たり前だ、旦那。男ならば、いかなる危険《きけん》も自分の器量で払《はら》って当然。女ならば、いい男にそれをやらせるのが当然。つまりそれがこのおれ。トロイアット！」

声を上げ、トロイアットが腕《うで》を上げる。

その手には杖《つえ》の形をした錬金鋼《ダイト》。

「まずはこの都市の闇《やみ》を払おう。おれが立つには、ここは暗すぎるぜ！」

ティンクルティンクル……ライトアップ。

馬鹿《ばか》が馬鹿なことを呟いていると、ルイメイは思った。名前などなんでもいいのだ。トロイアットは、その時の気分で技名《わざめい》を変える。たしか、前にこれを見た時には毘盧遮那《びるしゃな》とか言っていた。

振り上げた腕。握《にぎ》る杖。その延長線《えんちょう》上、ツェルニの上空に突如《とつじょ》として光が現《あらわ》れた。巨大《きょだい》な球体だ。それが光を放ち、ツェルニ全体を照らす。

ルイメイたちの周りから闇が払われた。真昼ほどの明るさだ。さすがに都市全体にこの

明るさはないだろうが、外縁部《がいえん》でも早朝ほどには明るいはずだ。

「照らせ。このおれを、もっともっと照らせ！」

トロイアットがテンション高く叫《さけ》んでいる。

光に背《せ》でも押《お》されたか、巨人たちが動き出した。ルイメイへ、両腕《りょううで》を広げて注ぐ光を受け止め続けるトロイアットへ。

ルイメイが大ざっぱに鉄球を握った腕を振るった。鉄球が飛ぶ。それを受けた巨人の上半身が破裂《はれつ》した。鉄球はなおも飛び、その後方にいた数体をさらに爆砕《ばくさい》して直進し、最後に巨人を圧死《あっし》させて止まる。

その隙《すき》を突《つ》く形で、ルイメイの巨体を他《ほか》の巨人たちが押《お》し包む。牙《きば》を剝《む》き出しにし、手にした武器《ぶき》を振り上げ、襲《おそ》いかかる。

ルイメイは焦《あせ》らない。鉄球を引き戻《もど》しもしない。空いた手を目の前の巨人に突き出した。胸《むね》に当たる。指が肉に食い込む。有無《うむ》を言わせぬ筋力《きんりょく》が巨人を持ち上げ、振り下ろされた武器を、それで受け止めた。

持ち上げられた巨人が、その大きな唇《くちびる》から怪音《かいおん》を放った。身がのけぞる。腕が、足が思うにならないかのようにまっすぐにのびる。全身が膨《ふく》らむ。そして破裂した。爆発だ。周囲の巨人たちはそれによって薙《な》ぎ払われる。

外力系衝勁《けいしょうけい》の変化、爆導掌《ばくどうしょう》。

爆煙《ばくえん》はすぐに去る。

一人立つその姿《すがた》はルイメイ。傷《きず》一つ、焦《こ》げ跡《あと》一つ、負った様子もない。当たり前の顔で鉄球を手元に戻した。

トロイアットの周りにも巨人たちはいた。

彼も、動かない。両腕を広げたまま、自ら生み出した陽球《ようきゅう》から注ぐ光を受け止めている。

駆《か》けてくる足音の連なりが地を揺《ゆ》する。

トロイアットは動かない。

だが、見る者が見れば異変《いへん》に気付いただろう。

次の瞬間《しゅんかん》、巨人たちが一斉《いっせい》に真紅《しんく》に染《そ》まった。燃《も》えたのだ。突如《とつじょ》として体の一部、肩《かた》であり、胸《むね》であり、頭であり……それら巨人たちの一部分から火が噴《ふ》き出し、その場所を瞬時に溶《と》かし、そして高熱によって炎塊《えんかい》に変じさせた。

トロイアットと頭上にある陽球の間に、奇妙《きみょう》に景色が歪《ゆが》む場所がいくつもある。その場所には化錬勁《かれんけい》によって生まれた大気のレンズが無数に存在《そんざい》し、それらが迫《せま》る巨人たちに角度を向け、凝縮《ぎょうしゅく》された陽光を当てたのだ。

ただの陽光であれば、これほどの超《ちょう》高熱を瞬時に、しかも無数に生み出すために必要とされるレンズの大きさはこの程度《ていど》では済《す》まないだろう。だが、この光はトロイアットの到力の結集でもある。莫大《ばくだい》な破壊《はかい》的エネルギーだ。それを収束《しゅうそく》させるからこそ、可能《かのう》なことでもあった。

レンズの数は十幾《いく》つというほどだろう。トロイアットの周りには、すでに五十近い巨人がいる。それはすでに一つの群《む》れだった。隣《となり》のルイメイにもそれぐらいいる。

それが次々と燃えていく。瞬時に燃えていく。

一体が燃えれば、すぐに次の一体が燃える。

火の海ができあがるのに、それほどの時間は必要としなかった。

「ああ、イライラする」

巨人の頭を握《にぎ》り潰しながら、ルイメイが叫《さけ》ぶ。

「ツェルニごと《こ》《こ》潰していいなら一瞬で済《す》むんだがな」

「旦那《だんな》、それじゃあ悪者だ」

トロイアットが鼻にかけていたサングラスを直して笑う。

「まぁ、老性《ろうせい》体よりは弱いが、雄性《ゆうせい》体よりは強い。なんか微妙《びみょう》に半端《はんぱ》だな。怖《こわ》いのは数ってところか。雄性体一匹《ぴき》で青色吐息《といき》な学生武芸者《ぶげいしゃ》じゃ、手に負えんのは当たり前だ」

「レイフォンがいるんだろうが。あのガキはどこで遊んでいる？」

「サヴァリスにおちょくられてんだろ。あいつも見えね」

「ガキどもが」

ルイメイは吐《は》き捨《す》て、それから都市を見た。トロイアットの陽球《ようきゅう》に照らされたツェルニはグレンダンとはわずかに様相が違《ちが》う。グレンダンはもっと無骨《ぶこつ》な建物が多い。比《くら》べて、ツェルニにはどこか統一《とういつ》感がない。それはここに訪《おとず》れる学生たちが様々な都市の文化を持ちこむからだが、ルイメイにはそれが好ましいものとは思えなかった。

「都市ごとぶち壊《こわ》してぇ」

「我慢《がまん》だぜ、旦那」

そんなやり取りをしている間に、再《ふたた》び巨人《きょじん》たちが姿を現《あらわ》す。もしかしたら、都市を埋《う》め尽《つ》くすほどにいるのかもしれない。だとすればそれは一万には達するということか。デルボネは正確《せいかく》な数を教えてくれなかった。もしかしたら知っているのかもしれないが、女王がそれを教えなかったということもあり得る。数で恐《おそ》れをなすと思われたか？　そう考えると、ルイメイは腹立《はらだ》たしい。

それでも、ここに差し向けてきたのはルイメイとトロイアットの二人だ。リンテンスとバーメリンも後にやってくるが、別の命令のためだ。ここにいる程度《ていど》の敵《てき》はルイメイとトロイアットで片《かた》づけられると判断《はんだん》したのか？　しかし、接触点《せっしょくてん》には他の天剣《てんけん》たちが控《ひか》えている。そこには危惧《きぐ》があるからか？　だとすれば、やはり腹立たしい。

「潰すぞ。潰して潰して、潰しまくる」

迫《せま》ってくる巨人たちに、ルイメイは鉄球を担《かつ》ぎ直して歩き出した。

「んじゃ、おれは旦那の打ち漏《も》らし狙《ねら》いってことで」

「残すか」

「精密《せいみつ》作業は旦那の仕事じゃないっしょ」

まったくだと、ルイメイは思った。

やはり、この都市ごと爆砕《ばくさい》してしまうのが自分らしい。そう思いながら、ルイメイは鉄球を巨人の群《む》れに叩《たた》きこんだ。

†

夜なのに、明るい。

この光景に、レイフォンは見覚えがあった。そう考えながら着地した。ツェルニの外縁《がいえん》部だ。荒涼《こうりょう》とした気配が肌《はだ》を撫《な》でる。背筋《せすじ》を冷たいものが走った。

ランドローラーは、ついに最後まで走り切ってくれた。

戦闘《せんとう》はもう終わっているものだと思っていた。グレンダンが接触《せっしょく》し、新しい戦いが始まるのだと思っていた。

だが、違う。なにかが違う。この荒《あ》れた雰囲気《ふんいき》は戦後でも、これから連戦を迎《むか》えることへの厭戦《えんせん》気分でもない。

「フェリ」

レイフォンは念威端子《ねんいたんし》に呼《よ》びかけながら、眼前《がんぜん》に立つ男を見る。

サヴァリスはレイフォンを待ち受けていた。あちらは状況《じょうきょう》がわかっているのか、慌《あわ》てた様子はない。

(最初の汚染獣《おせんじゅう》を撃破《げきは》した後のことです……)

フェリがこれまでの流れを説明してくれた。驚《おどろ》く内容《ないよう》だった。突如《とつじょ》として空から降《ふ》ってくる。そんなことはいままで聞いたことも体験したこともない。

聞きながらも、サヴァリスから目を離《はな》さない。

フェリの説明は続く。

グレンダンからの使者。蝶型《ちょうがた》の念威端子。デルボネだ。すぐに思った。フェリもその名前を言った。直接会ったのは数える程度《ていど》だったが、やりにくい老婆《ろうば》だった。どんな時でも話し方を変えない。だが、苦手かといえば、そうではない。やりにくい、そういう言い方しかできない女性だった。

グレンダンはこの汚染獣を掃滅《そうめつ》するという。それは、可能《かのう》だろう。

気になるのは、なぜ、グレンダンがここにいるか、だ。学園都市に興味《きょうみ》があるはずもない。なにより、こんな、すぐに接近できる距離《きょり》にグレンダンがいたという方が驚《おどろ》きだ。放浪《ほうろう》バスをいくつも乗り換《か》えて、レイフォンはツェルニにやって来たのだ。あの苦労は、なんだったのかと言いたくなる。

グレンダンの目的は、廃貴族《はいきぞく》。眼前《がんぜん》のサヴァリスは、はっきりとそれを匂《にお》わせた。

「隊長は？」

「無事です。いまは、兄となにかの任務《にんむ》を行っています」

そして、ニーナの体から廃貴族が抜《ぬ》けたようだということも告げられた。どういうことかと聞こうと思ったが、詳《くわ》しく話を聞く時間があるとも思えない。事実は端的に理解《りかい》すべきだ。

「…………」

次の質問《しつもん》を言いかけて、レイフォンは言葉を宙《ちゅう》に迷《まよ》わせた。こんな時に、それを聞いていいのか。

(リーリンさんも、無事です)

だが、フェリにはレイフォンの考えることがわかるようだ。ちょっと恥《は》ずかしかったが、それは刹那《せつな》の間も心に現《あらわ》れ続けることを許《ゆる》さなかった。

「さて、そろそろ状況は理解しましたか？」

サヴァリスが声をかけてきたからだ。構《かま》えていない。普通《ふつう》の立ち姿《すがた》だが、闘気《とうき》は満ちていた。痛《いた》めた右拳《みぎこぶし》はまだ使えるようにはなってなさそうだ。

「もう、廃貴族は隊長のところにはいない」

しかし、レイフォンもまた。武器《ぶき》を失っている。いま手にしている簡易型複合錬金鋼《シム・アダマンダイト》だけだ。形を刀に変え、ファルニール戦からいままでサイハーデン流の錆《さ》び落としが少しでもできていることが、救いといえばそうだが。

「ほう」

サヴァリスは動じない。

「しかし、こういう都市の窮地《きゆうち》を見過《みす》ごせないのが、廃貴族ではないかな？　ならば、放っておいても誰《だれ》かに取り憑《つ》いて出てきそうだ」

「グレンダンが来た」

「そうですね。これは僕《ぼく》も意外だった。信用されていないというだけでは、都市そのものの移動《いどう》までは動かせない。なにか、別の理由があるんでしょうね」

「天剣《てんけん》が、そいつらを倒《たお》す」

二人の意識《いしき》は夜を昼に変える、巨大《きよだい》な光源《こうげん》に一瞬《いっしゅん》向けられた。
ツェルニの空に鎮座《ちんざ》する光球。覚えがある。トロイアットの化錬剄《かれんけい》だ。彼が来ていると
いうことか。好きになれない奴《やつ》だが、あの変幻自在《へんげんじざい》さは都市内部の防衛戦《ぼうえいせん》にはうってつけ
の人材だろう。
「困《こま》りましたね。だけれど、もう一人は別の意味で困りものです」
サヴァリスの言う通り、剄はもう一つ感じられる。荒々《あらあら》しい剄。
「ルイメイ……」
こっちは最悪だ。女王はなにを考えているのか。どうして、都市内部の戦いにルイメイ
なんかを使うのか。
サヴァリスはそのことを言っている。ルイメイがちまちまとした戦いにうんざりして一《いち》
撃《げき》でことを決めようとすれば都市が滅《ほろ》ぶ。だが、そんな危急《ききゅう》の状態《じょうたい》で廃貴族が間に合うの
か。
いや……
ツェルニまで、廃貴族となってしまうのか？
グレンダンは、それを狙《ねら》っているのか？
ツェルニが滅び、その都市民たちが死に絶《た》えるようなことになれば、廃貴族はどうな

る？　新しい場所を、生きた武芸者《ぶげいしゃ》がいる場所を求めるのではないか？　すぐそばにはグレンダンがある。

「長いことグレンダンから離《はな》れていた僕には、陛下《へいか》のお考えがどう変わったのかはわかりませんが……」

サヴァリスの顔が笑っている。それはいつものことだ。だが、いまはその顔が忌々《いまいま》しくてしかたがない。

「さあ、どうします？　君の前には僕がいる。しかし、時間をかければルイメイさんがキレてしまうかもしれない」

楽しんでいるのだ、この状況《じょうきょう》を。レイフォンを追《お》い詰《つ》め、本気の戦いを望んでいる。

「前座《ぜんざ》が長すぎた。そろそろ本番に入りましょうか」

サヴァリスが左腕《ひだりうで》を持ち上げる。右腕は下げたままだ。怪我《けが》をしているから使わない気か。それともその構えそのものが罠《わな》か。

「あなたの、わがままだ」

「そうですよ。でも、あなたは聞かなくてはいけない。あなたの背中《せなか》にはツェルニの都市民たちの命がかかっている」

ぞっとする。そう考えただけで吐《は》き気《け》がしてくる。緊張《きんちょう》によるものだ。ツェルニに来たばかりの頃《ころ》、少しだけそう考えて剣を取った。だがあの時にはすでに、守りたいと思う対象があった。ニーナたち第十七小隊、メイシェンやミィフィたち。こんな自分を友だちと呼《よ》んでくれる人々。それはグレンダンでの孤児院《こじいん》の代わりになる者たちだった。なにより、敵《てき》はただの幼生体《ようせいたい》の群《む》れと雌性体《しせいたい》。天剣などなくても、倒《たお》せる自信があった。

いまはどうだ？

グレンダン。その名前が重くのしかかる。さっきまで戦っていた老生体相手でも絶望《ぜつぼう》的な気分になっていた。

今回は、実力がわかっている。天剣を握《にぎ》っていた時の自分と同等か、それ以上の実力者が十人以上。歴戦の武芸者にいたっては数知れず。

なにより、その全《すべ》てを合わせてもなお頂上《ちょうじょう》にいるのではないかと思わせる超越者《ちょうえつしゃ》、女王がいる。

あの老生体を倒した謎《なぞ》の光線。あれは女王の仕業《しわざ》に違《ちが》いない。

「一人で背負うには、少し重いね」

同情《どうじょう》的な台詞《せりふ》だが、目は笑っている。レイフォンは黙《だま》ってヘルメットを脱《ぬ》ぎ棄《す》てると、簡易型複合錬金鋼《シム・アダマンダイト》を持ち上げた。夜色の刀身に剄が走る。

一刻《いっこく》も、一刻も早くこの男を倒し、ルイメイに向かわなければ。

だが、それで勝てるのか？　いまのこの武器で？　本当にグレンダンがツェルニを潰《つぶ》す気になっているのならば、ルイメイを倒すだけではだめだ。都市を潰すということならば、本気でそれをしようというのならば、それは天剣《てんけん》の誰にでもできるということだ。ルイメイはただ、そういう大規模《だいきぼ》戦を得意としているというだけにすぎない。カウンティアには当たり前にできる。苦労するとすればリヴァースだが、それは精神《せいしん》的な問題にすぎない。天剣の全てを、そして女王を倒さなければ、ツェルニの危機《きき》は去らない。

刀が重い。こんなにも重いと感じたのは、初めてだ。

しかし、体の中では剄が激《はげ》しく奔《はし》っている。その激しさに、全身の神経《しんけい》が痛《いた》みを覚えるほどだ。こんな剄をいまの錬金鋼《ダイト》に乗せてしまえば、その瞬間《しゅんかん》に崩壊《ほうかい》するだろう。連戦で疲労《ひろう》しているはずなのに、剄脈はそれを感じさせない。

なんだろう、この感覚は？　強くなったというわけではないと思う。ただ、なにかが少しずつ、解《と》き放たれようとしているのかもしれない。いつか、どこかでレイフォンが無意《むい》識《しき》に抑《おさ》えていたものが表に出てこようとしているのかもしれない。

そんなレイフォンの感覚は表にも出て来ているのだろう。サヴァリスの笑《え》みがどんどん深くなっていく。それは、狂喜《きょうき》の形だった。

戦いを舞《ま》うことしか知らない者の顔だった。レイフォンが、決してそうはなれない顔だった。戦いはいつだって手段《しゅだん》だ。それが目的となったこの男は、レイフォンのように考えはしないのだろう。

そこにどういう意味があるのか、差があるのか、レイフォンに考える余裕《よゆう》はなかった。

まずはサヴァリス。

あるのはただ、その事実のみだ。

05 斬奸《ざんかん》都市

ニルフィリアは、空に向けた視線《しせん》を戻《もど》した。

ただそれだけで、ニーナははっとする。見入っていた自分に気付く。ただわずかに顎《あご》を動かし、視線を上にやっただけだったのに、そんな動作にさえもニーナの心は囚《とら》われそうになる。

危険《きけん》だ。そう思った。

この少女は危険だ。じっと見ていれば、いや、それが視界に入った瞬間から目を放すことができなくなる。そういう、言いようのない、魔力《まりよく》としか表現《ひょうげん》できない美しさを、魅力《みりよく》を持っている。

「守護獣《ガーディアン》は、やはり、それほど役には立たなかったわね」

ニルフィリアはこちらを見ていない。その言葉も、ニーナに話しかけたものではなかった。

「全滅《ぜんめつ》したわ」

そう言った時だけ、こちらを見た。

「全滅？」

不吉《ふきつ》な言葉だ。背中《せなか》が粟立《あわだ》った。誰が、誰かが死んだのか？　それは、もしかして……

「守護獣《ガーディアン》よ。あなたは、ここにいる連中は、なんのためにここに来たのかしら？」

ニルフィリアが小さく笑った。その目が、床《ゆか》に倒れているカリアンと錬金《れんきん》科長に向けられた。

「この二人は、知ってるわ。貧相《ひんそう》な方は、わたしを起こそうとなんだか必死になってたわね。こっちは、わたしを危険視してる節があった」

「……お前は、なんだ？」

こちらに背を向けた、その姿《すがた》にさえも取り込まれてしまいそうになる。この少女はなんだ？

「本当に、ツェルニから分かれた、電子精霊《せいれい》なのか？」

「わたしを、あれの模倣品《もほうひん》なんかと一緒《いっしょ》にしないで欲《ほ》しいわね」

そう言った時だけ、少女はきつい目でニーナに振《ふ》り返った。

「……でも、あれが来たおかげで目覚めることができた。刻《とき》も動く。全《すべ》てが動き始めた。だからわたしも目覚めるということになった。そういうことなのでしょうね、結局は。あれが来たことで、全てのきっかけが動き出した」

「なにを言っている？　わかる言葉で言え」

ニーナは苛立《いらだ》ちを吐《は》き出した。そうしなければ、本当にこの少女に魅入られ、なにもできなくなってしまいそうな気がしてたまらないのだ。

「わたしは電子精霊ではない。ツェルニは好きよ。電子精霊の中では、あの子だけは特別に好き。それだけでは、だめなのかしら？」

「では、お前はなんなのだ？」

「それを知ったから、なんだと言うの？　あなたには関係ない。わたしが誰だか知ろうと知るまいと、あなたにできることの中にわたしの正体が関《かか》わることはない。断言《だんげん》できるわ。あなたがどんな道を辿《たど》ろうと、わたしの正体には意味がない」

強く、言われた。いや、語調《きょぜつ》は激《はげ》しくない。むしろ淡々《たんたん》としていた。だがそこには、ニーナに対するはっきりとした拒絶があった。

「あなたがいま必要としているのは、これだけよ」

そう言ったニルフィリアの手に、いつのまにかそれが握《にぎ》られていた。

「それは……？」

指先で摘《つ》むようにしてこちらに向けられたものは、仮面《かめん》だった。獣《けもの》を模《も》した面だった。見たことがある。狼面衆《ろうめんしゅう》のそれだ。そう考えた時、ニーナは鉄鞭《てつべん》を構《かま》えていた。

「貴様《きさま》……狼面衆か⁉」

「ぬるいのよ、考えが」

鉄鞭の先を向けられても、少女は怯《ひる》まなかった。不快《ふかい》そうな目をし、そして臆《おく》することなくニーナの眼前《がんぜん》に仮面を突《つ》きつけた。

「感じなさい。あなたにならできるでしょう？　あなたは半身が電子精霊なのだから」

一瞬《いっしゅん》、言っている意味がわからなかった。だが、頭をよぎったのは十歳《さい》の時の記憶《きおく》だった。

小さな電子精霊。助けるために動いたのに、最後に助けられた。

それを思った時、わかった。なにがわかったのか、一瞬わからなかった。だが、すぐにそれが、目の前の仮面のことであるとわかった。

「廃貴族《はいきぞく》」

少女の手にある仮面が、あの黄金の牡山羊《おすやぎ》の姿をした廃貴族、そう感じたのだ。

「なぜ？」

「覚えていないかしら？　あなたは倒れた。その時、誰かに話しかけられた」

言われて、ニーナは思い出した。そうだ。そんなことがあった。そして視界が暗くなり、ニーナは気絶したのだ。

　その後で、シャーニッドに助けられたのだと思っていたのだが、もしかしたらその間になにかあったのか？

「あの男が、あなたの言う狼面衆よ。そして廃貴族は、この形に押《お》し込《こ》められた。扱《あつか》いやすい形なのでしょうね。顔は、その人を現《あらわ》すというから」

　そう言うとニルフィリアは仮面をこちらにむけて弾《はじ》くように投げた。両手は錬金鋼《ダイト》で埋《う》まっている。反射《はんしゃ》で、左腕《ひだりうで》で抱《だ》くようにして受け止めた。溶《と》けるように、それは胸《むね》の中に吸《す》い込まれていった。

　戻《もど》った。そう感じた。

「ディクセリオは、その仮面に復讐《ふくしゅう》という念を乗せた。わかりやすいことが、あの男には必要だった。だからこそ、仮面はあのまま。では、あなたは？」

　問いかけの意味がわからなかった。ディックを知っていることには、驚かなかった。狼面衆を知っていたのだ。なら、ディックのことを知っていたとしてもおかしくはないのではないだろうか。自然に、そう考えていた。

「あなたには力がある。あなたが羨《うらや》む力がすぐ側《そば》にある。その力を手にしたら、ではあなたにはなにができるのでしょうね？」

「だから、なにを……」

「楽しみだわ。とても」

呟く。止める間はなかった。少女の周囲は影《かげ》が濃《こ》かった。それが、ニーナの手を拒《こば》むように濃度《のうど》を増《ま》し、闇《やみ》に変わった。彼女の白い顔、白い手だけが浮かび、やがてはそれさえも呑《の》み込まれる。

そして、闇は去る。残されたのはポッドから零《こぼ》れる緑の光。それは、少女がいた時よりも、より広く、周囲を照らしていた。

呻《うめ》き声。カリアンたちが目覚めようとしていた。

†

レイフォンから動いた。

すくいあげるような一撃《いちげき》はサヴァリスの胴《どう》を狙《ねら》った。だが、外れた。かわされたのだ。サヴァリスが、全身から衝剄《しょうけい》を放ちながら下がる。その衝剄が、刀身から放たれた剄を弾き飛ばすのだ。

振《ふ》り上げきったところで、サヴァリスが今度は踏《ふ》み込んでくる。狙いは、レイフォンの顔。左拳《ひだりこぶし》が重圧《じゅうあつ》を備《そな》えて迫《せま》ってくる。レイフォンはそれを見る。こちらの左手が動く。サヴァリスの拳を摑《つか》もうとする。わずかに間に合わない。だが、腕を摑んだ。凄《すさ》まじい力が左腕を襲う。手の中で腕が滑《すべ》る。指に力を込める。拳の勢《いきお》いだけではない。体表を走る剄がレイフォンの手を拒もうとしている。レイフォンもまた指先に剄を収束《しゅうそく》させて反発するものを跳《は》ねのけようとする。

拳が止まった。

だが、そこまでだ。じっとしていれば今度は膝《ひざ》が襲ってくる。レイフォンは離れ、サヴァリスも離れた。

指先が熱い。戦闘衣《せんとうい》のグローブは破《やぶ》れ、指先の皮が擦《す》り切れていた。爪《つめ》も何枚《なんまい》か剝《は》げた。だが、指はサヴァリスの左腕に深く食い込んでいた。肉に食らい付《つ》き、五本の線を刻《きざ》んだ。それだけではない。戦闘衣の胸の部分が斜《なな》めに裂《さ》けていた。剄は弾かれたが、切っ先を読み切られなかったのだ。それを見て、サヴァリスが笑《え》みを深くした。

サヴァリスが裂けた部分から戦闘衣を引きちぎり、上半身を晒《さら》す。左腕から血が溢《あふ》れていた。それを舐《な》める。傷《きず》の中に食い込んだレイフォンの爪があった。サヴァリスの歯がそれを嚙《か》み出し、吐《は》き捨《す》てる。

自らの血に塗《まみ》れたサヴァリスの笑みは、凄惨《せいさん》さを増していた。

「やはり、最後は人と人。それだけが僕《ぼく》を満足させるのかもしれない。力任《ちからまか》せの戦いなどではない。より、巧緻《こうち》に、死が側を行き過《す》ぎる」

「知ったことか」

レイフォンは吐き捨てた。吐き捨て、刀を戻す。左手の痛みは忘《わす》れた。研《と》ぎ澄《す》まされた精神《せいしん》が、すぐにその痛《いた》みを追い出した。

「いまのお前は、ただ乗り越《こ》えるだけのものだ」

「壁《かべ》は高く、そして連なっている。羨ましいね。僕も君の側に立てた方が面白《おもしろ》かったかもしれない」

「そんな気など」

吐き捨てたと同時に動いた。

三連突《づ》き。頭、心臓《しんぞう》、そして頭。サヴァリスがそれをかわす。だが、かわし切れてはいない。肩《かた》に、頬《ほお》に浅い傷が走る。衝突《しょうとつ》する剄が爆発《ばくはつ》し、大気を乱《みだ》す。サヴァリスがのけ反るように宙返《ちゅうがえ》りをする。顎《あご》先に不快《ふかい》な予感。体を捻《ひね》る。頬にひきつりが走る。爪先《つまさき》が駆け抜《ぬ》けていく。擦傷《すりきず》に似《に》た痛みが頬を襲う。

宙にサヴァリスがいる。

外力系《けい》衝剄の変化、閃断《せんだん》。

斬撃《ざんげき》を飛ばす。

だが、サヴァリスもまた、ただ宙に退避《たいひ》したわけではない。

宙返りによる縦《たて》の回転が横に変化する。回転の中から足が飛び出して大気を薙《な》いだ。

外力系衝剄の化錬変化、風烈剄《ふうれつ》。

周囲で荒《あ》れ狂《くる》っていた気流がサヴァリスの回転に巻《ま》き込まれ、そして弾《はじ》き出される。凝縮《ぎょうしゅく》された気圧弾《きあつだん》が閃断を迎撃《げいげき》し、食い合って消滅《しょうめつ》した。それがまた、新たな大気の乱れを呼《よ》ぶ。両者の剄がそれを後押しする。

外力系衝剄の変化、渦剄《かけい》。

レイフォンの剄技《けいぎ》が大気の乱流《らんりゅう》を誘導《ゆうどう》し、無数の剄弾を潜《ひそ》ませる。

外力系衝剄化錬変化、気縮爆《きしゅくばく》。

サヴァリスの剄技が眼前《がんぜん》の大気を圧縮させ、爆発させる。剄弾は消滅。爆発の余波《よは》がレイフォンに迫《せま》る。

活剄衝剄混合《こんごう》変化、竜旋剄《りゅうせん》。

レイフォンも回転する。生まれた竜巻《たつまき》が余波を弾き飛ばし、さらに周囲の気流を巻き込んでいく。

宙にいたサヴァリスの体が、竜巻に吸《す》い込まれる形で流れる。一瞬《いっしゅん》、ほんの一瞬、サヴァリスの動きが彼の制御《せいぎょ》から離れる。

その瞬間を狙《ねら》う。

外力系衝剄の変化、閃断。

回転の最中に放つ。竜巻から飛び出した、凝縮された衝剄はサヴァリスを二つに分けんと猛進《もうしん》する。

サヴァリスの目は、それを見ていた。

「かぁっ！」

外力系衝剄の変化、ルッケンス秘奥《ひおう》、咆剄殺《ほうけいさつ》。

サヴァリスの放った雄叫《おたけ》びが空間を振動《しんどう》させる。周囲に散っていた戦塵《せんじん》が破砕《はさい》する。無作為《むさくい》に放たれた分子振動波は戦塵をさらに細かく分解《ぶんかい》する。二人の剄技によって、そしていまのレイフォンの竜旋剄によって集まっていた戦塵が、そしてそれ以前の気縮爆によって、大気を圧縮させる化錬剄の膜《まく》によって集められていた戦塵が粉砕され、周囲に散る。

破砕が火花を呼ぶ。爆発を呼ぶ。

サヴァリスを包んで爆発する。

閃断はその爆発を突き抜け、外縁《がいえん》部の端《はし》に細い溝《みぞ》を作って突き抜けていった。

仕留《しと》めた感覚はない。爆発が周囲の視界《しかい》を奪《うば》った。粉塵爆発。そう見当を付けた。しかし、戦塵が火付けを行ったとしても、それだけであそこまでの爆発になるはずがない。

さらに仕掛《しか》けが施《ほどこ》されていたはずだ。

それはなんだ？

「ちっ」

竜旋剄を解《と》き、レイフォンはその場から退避した。罠《わな》があるとすればこの周囲に違いない。衝剄の反動を利用し、地上に足を付けないまま数百メルトル移動《いどう》する。

いまの剄技の押《お》し合いは、レイフォンにやや優勢《ゆうせい》に傾《かたむ》いていた。それだけに、サヴァリスがなにかをしかけていたためにそうなったのかもしれないという思いがよぎる。

着地。爆発はすでに消えている。だが、剄技のぶつかり合いで乱れた気流はそれによって吹《ふ》き飛ばされていた。上へと昇《のぼ》っていく濃《こ》い煙《けむり》が覆《おお》い隠《かく》している。視線は通らない。剄は？　感じない。殺剄か。ならばどこかからの不意の一撃。それはどこか？

サヴァリスならば、天剣《てんけん》ならばどこからでもしかけてくる。地、足下《あしもと》、それすらもありえる。気を抜いた瞬間に敗北する。

どこから来ても迎《むか》え撃《う》てる心構《こころがま》えを。そう考えながら、どこから来るか考える。思考は時に動きから柔軟《じゅうなん》さを奪う。とらわれ過《す》ぎてはだめだと思いつつも、鍛《きた》え続けた動きのみで対応《たいおう》していけばいいと思いながらも、考える。

爆発。それが気になる。姿《すがた》を消すには良い煙幕《えんまく》だ。だが、剄の流れを完全に消すのならば殺剄だけではだめだ。剄そのものを消しておかなければならない。それでいてなお、レイフォンに接近《せっきん》するタイミングを狙える位置とは……？

上。爆発。利用。跳《と》んだ。

思考は単語で走り、そして動いた。

上。やはりいた。ほぼ自由落下の形。だが、視線が合う。煤《すす》と血で汚《よご》れた顔に浮かぶ凄《せい》惨《さん》な笑《え》み。殺剄が解かれる。剄が周囲を圧《あつ》する。左拳《ひだりこぶし》に凝縮する。レイフォンは抜《ぬ》き打ちの構えを取る。

決める。ここで決める。一瞬でそう決めた。迷《まよ》いはない。躊躇《ちゅうちょ》はない。体は自然にそう動き、上空にいる敵《てき》に対するために構えを変幻《へんげん》させる。

サイハーデン刀争術、焰切《じゅつほむら》り・翔刃《しょうじん》。

跳ぶ、抜く。同時に行う。炎《ほのお》をまとった刀身が曲線を描《えが》き、落下するサヴァリスと行き違《ちが》う。剄圧が弾《はじ》きあう。衝突《しょうとつ》は一瞬。お互《たが》いに軌《き》道《どう》が逸《そ》れて位置を違《たが》える。

仕留められなかった。衝撃が全身を打った。体のあちこちに痛《いた》み。視界に炎とは違う赤が点々と舞《ま》う。全《すべ》てを無視し、体勢《たいせい》を変える。サヴァリスも着地し、新たな技を放とうとしている。

だが、まだ――

サイハーデン刀争術、焰重ね・紅布《こうふ》。

外力系衝剄《けい》の変化、剛昇弾《ごうしょうだん》。

炎と化した衝剄を眼下《がんか》のサヴァリスに叩《たた》き落とす。紅の瀑布《ばくふ》となって襲いかかるそれに、衝剄の砲弾《ほうだん》が迎え撃つ。爆発《ばくはつ》。衝撃。レイフォンの体がさらに数十メルトル押されて着地。サヴァリスは衝撃を頭上から浴びて、それに耐《た》えている。動きが止まっている。

サイハーデン刀争術。水鏡渡《わた》り。

旋剄を超《こ》える超移動《ちょういどう》。懐《ふところ》に飛び込《こ》む。サヴァリスと視線が衝突する。定まっていない体勢で足が動く。回し蹴《げ》り。右から死神を連れた蹴りが迫る。だがかまわない。迷うことなく突《つ》きを放つ。切っ先には死をこめる。狙《ねら》いは喉《のど》。

時間が、ひどくゆっくりと流れているようだ。死が迫り、死を叩きつける。どちらが早いか、あるいは同時か。サヴァリスの蹴りに対して、レイフォンはなんの備《そな》えもしていない。こちらが刹那《せつな》早ければ、彼の連れてきた死神はどこかに去っていく。だが遅《おそ》ければ、こちらの死は霧散《むさん》する。

死。ガハルドの時も殺そうと思った。だが、できなかった。あの男もルッケンスの武門《ぶもん》に連なる者だった。そしていま、ルッケンスの生んだ天剣を殺そうとしている。殺せるか？　もはや自らでさえ止められない場所にいる。殺せなければ、死ぬしかない。

切っ先はずれていない。喉の中心に向かって進んでいる。肌《はだ》に触れる。肉を裂《さ》く感触《かんしょく》。

だが次の瞬間《しゅんかん》、レイフォンの肩《かた》にすさまじい衝撃が走った。

時間が戻《もど》った。レイフォンは吹き飛んだ。外縁部を滑《すべ》り、なにかに引っかかって跳《は》ね、そして転がった。刀が手から離《はな》れ、地面に突き刺《さ》さる音がした。

「くっ……」

痛みが全身を支配《しはい》していた。右の肩が外れている。体のあちこちに裂傷《れっしょう》ができていた。ボロボロになった戦闘衣《せんとうい》の下で濡《ぬ》れた感触が広がっていく。右肩をはめた。激痛《げきつう》にまた呻《うめ》く。錬金鋼《ダイト》はすぐ近くにあった。それを手にする。

サヴァリスが倒《たお》れていた。微塵《みじん》も動かない。首からは血が勢《いきお》い良く溢《あふ》れ、それが彼の周囲を赤く染《そ》め広げていた。

死んだ。あるいは、もうすぐ死ぬ。瞳《ひとみ》は開いていた。輝《かがや》きがある。死んではいないのだろう。その目がこちらを見ていた。唇《くちびる》がわずかに動いたが、声にはならなかった。喉を裂いたのだ。貫《つらぬ》くつもりだったが、途中《とちゅう》で蹴りがレイフォンを吹き飛ばした。それも膝《ひざ》ではなく腿《もも》の部分だった。そうでなければレイフォンの肩は粉砕《ふんさい》され、衝撃が肺《はい》を破裂《はれつ》させていたかもしれない。危《あや》ういところだった。

なにより、サヴァリスの右手が思うように使えていたら、こんなすぐに決着は付けられなかっただろう。

「…………」

言葉は、なにも思いつかなかった。レイフォンは静かに剄を回復《かいふく》に回しながらサヴァリスから離れた。

倒《たお》すべき者は、他《ほか》にもたくさんいるのだ。

†

死ぬだろう。血とともに抜《ぬ》けていくなにかを感じながらサヴァリスは思った。

後悔《こうかい》はない。右手が動けばと思うこともなかった。戦うと決めた時、それがサヴァリスの全てなのだ。右手が動けばなどというのを、負けてから思うのはみっともない。

傷を負いながら、レイフォンは行ってしまった。まだ戦う気なのだ。次に彼の前にはルイメイが立ち、それを越《こ》えれば次はトロイアットが立ちふさがることになる。そうやって天剣《てんけん》の全てと戦うことになる。どこで倒れるのか、あるいは倒れないのか。そんなことができるレイフォンを羨《うらや》ましいと思った。

女王に戦いを挑《いど》むことばかりを考えていた。そして一度挑み、負けた。手加《てか》減《げん》をされた上での圧倒《あっとう》的敗北だった。それからは、再戦《さいせん》のために汚染獣《おせんじゅう》と戦い続けたと言ってもいい。いつかは凌駕《りょうが》する。そのことばかり考えていた。

　だが、レイフォンのような絶望的《ぜつぼう》な戦いというのもいいのかもしれない。それだけが後悔といえば、そうだ。窮地《きゅうち》の中で自分以外に希望がなにもないとなれば、実力以上のものが発揮《はっき》されるのかもしれない。さっきのレイフォンはその境地《きょうち》にあったのかもしれない。そういうものを己《おのれ》の中から見出《みいだ》してみたい、とは思う。だが、戦い以外のあらゆるものに興味《きょうみ》のない自分には、その境地は縁遠《えんどお》いものかもしれない。

　どちらにしろ、すっきりとしていた。生きている限《かぎ》り満足というものに辿《たど》り着くことはないだろう。ならば、この辺りで終わりというのも、決して悪いものではない。

「こんなところで死ぬのか？」

　血が抜け、意識《いしき》がかなり薄《うす》くなっている。しかし、聴覚《ちょうかく》はまだ生きていた。近づく足音。

トロイアットの陽球《ようきゅう》が長い影《かげ》をサヴァリスに差しかけた。

「つまらない奴《やつ》だ。遊びが過《す》ぎるからこんなところで死ぬことになる」

　視界《しかい》はぼやけている。だが、声からリンテンスだとわかった。口を開く。陽気に挨拶《あいさつ》したかったが、口からは血の泡《あわ》が溢れただけだった。

「女王からの伝言だ」

　体に違和感《いわかん》が走った。鋭《するど》い痛《いた》み。そして焼けるような熱さ。気だるさはなくならない。だが、抜けていく感覚は止まった。大きくせき込む。口から血が次々と溢れ出し、そして止まった。息が通る。呼吸《こきゅう》ができる。

「ただでさえ一人足りないのに、ここでさらに一人潰《つぶ》すわけにはいかない。潰すタイミングは、女王が決めるそうだ」

リンテンスの鋼糸《こうし》だ。それが、傷口《きずぐち》を縫《ぬ》い、そして剄《けい》の熱で閉《と》じた傷口を焼いたのだ。完璧《かんぺき》な止血だった。もしかしたら頸動脈《けいどうみゃく》も正確《せいかく》に繋《つな》いだのかもしれない。

「すいま、せんね」

声が出た。荒《あ》れて、かすれていた。

「それにしても、このランチキ騒《さわ》ぎはなんなのですか？」

「地獄《じごく》が始まるそうだ。よかったな、仲間外れにならなくて」

リンテンスの影が退《しりぞ》いていく。彼の背中《せなか》が遠退《とおの》いていく。都市の中央部へと向かうその背を見て、サヴァリスはレイフォンが本当に羨《うらや》ましくなった。

生が繋がり、そして戦いへの希求も甦《よみがえ》る。だが、さすがにいまは、動くことができそうにない。

それが、ひどく残念でしかたがなかった。

†

リーリンのやれることは、全《すべ》て終わった。炊《た》き出しを手伝い、その配布《はいふ》を手伝う。人手はいくらあっても足りないように思われたが、そのうち余《あま》るようになった。みんな、なにかがしたいのだ。その方が落ち着けるとわかったのだろう。

すぐにリーリンのやることはなくなってしまった。

「ちょっと、メイを見てきてくれないか？」

怪我《けが》を負って取りに来れない武芸者《ぶげいしゃ》へ食事を運ぶ途中、ナルキにそう言われた。彼女も怪我を負っているが、動けない傷ではない。しかし、すぐに戦いに出られるというわけでもない。だから都市警察《けいさつ》を手伝うのだという。ミィフィがいるはずだが、彼女も数人の知人に呼《よ》ばれ、なにか細々しく動き出したという。

「気晴らしのイベントを考えるとか言ってたな」

いい考えだと思った。楽しめる気分になれるかどうかはともかく、なにか別のことがあった方がいい。

一人、廊下《ろうか》を進み、メイシェンのいる病室を目指す。

そっと、自らの顔に手をやった。

右目は閉じたままだ。だが、誰《だれ》もそのことに気付かない。

いや……一人気付いた。気付いてくれた。

ニーナだ。

右目が閉じていることに気付いてくれたのは、彼女だけだ。

なぜ、彼女だけが気付けたのだろう？　ニーナはリーリンの右目が閉じていることを、なにか特別なことだとは感じていなかった。だが、誰も右目が閉じられていることにさえ気付かなかったのだ。それを考えれば、ニーナにはなにかがある。リーリンと似《に》た種のなにかがある。

それはおそらく、マイアスでのあの出来事と関係しているのだろうと思う。

だが、あの出来事は一体何だったのだろう？　狼面衆《ろうめんしゅう》という不可思議《ふかしぎ》な集団《しゅうだん》が、マイアスの電子精霊《せいれい》を捕《と》らえようとしていた。表面的な部分ではそれだけしかわかっていない。その裏側《うらがわ》や奥深《おくふか》くに別のなにかがあったとしても、それはリーリンにはわからないことだ。あまりにも、断片《だんぺん》的すぎる。彼らがマイアスでしようとしたことが、彼らの目的を達成するための手段《しゅだん》の一つでしかないのだとしたら、行為《こうい》の先にあるものとはなんなのか？

そして、彼らの行動が積み重なり、ここでなにかが結実しようとしているのか？　リーリンの右目も、そのためなのか？

自分は一体、何者なのか？

頭の中が、掻《か》き乱されてまとまらない。いや、なににまとめればいいのかもわからない。

シェルターの向こうで、まだ何かが起きている。武芸者が戻《もど》って来ているのに、警戒態《けいかいたい》勢《せい》が解《と》かれていない。シェルターから出られないことがその証拠《しょうこ》だ。そして、そんな事実とは別に、リーリンの勘《かん》のようなものが、ずっと嫌《いや》な気持ちで圧迫《あっぱく》してくる。

一体、何者なのか？

繰《く》り返し、頭の中に浮《う》いてくる。

いままで、そんなことを考えたことがなかったわけではない。孤児院《こじいん》にいる者たちの中で、一人二人と里親や引き取り手が見つかるとそう思う。孤児院の子たちは、養子に迎《むか》えられるばかりではなく、働き手として求められることもある。特に職人《しょくにん》などではそうだ。若《わか》いうちから仕事を仕込むために孤児からそれを見出《みいだ》そうとする者もいる。

リーリンには、そういう親は現《あらわ》れなかった。それを悔《くや》しいとは思わなかった。ただ、どうして自分たちには親がいないのかと気にはした。デルクはそのことでは決して口を開かなかった。孤児になるにも様々な事情《じじょう》がある。その事情にも言っていいものと悪いものがある。言っていいものだけを喋《しゃべ》っていけば、教えてもらえない者は、自分の境遇《きょうぐう》をさらに不幸へと落としていく。だから誰にもなにも喋らない。そう決めているのだそうだ。

わかる理由だと思う。だから聞けなかった。

しかし、聞いておきたかったと思う。いや、あるいはデルクさえも知らないのかもしれないが。そもそも、生まれは関係あるのか。それさえもよくわからない。

しかし、一つのものがそこにあるには、必ず過程《かてい》が存在《そんざい》するはずなのだ。ならば、リーリンのこの目……普通《ふつう》の目では見えないものを映《うつ》し、そして普通の目ではできないことをしたこの目は、なにかを原因《げんいん》として、リーリンにあるはずなのだ。ほんの以前まで、グレンダンにいた頃《ころ》には、こんなことはなかった。だが、シノーラと出会った時には、すでにその兆候があった。それなら、グレンダンから出たからというのは理由にならない。すでにあったものが目覚める理由にはなったかもしれないが、なぜあるのかという理由にはならない。

なにかが、ちりちりと頭の隅《すみ》を圧迫している。歩きながらそれを感じる。ずっと感じているものが微《かす》かに変化している。地上でなにかが起きている。それと関係しているのだろうか？

自分はなにをすればいいのだろう？

なにもできないと、あの少女は言った。黒い少女。記憶《きおく》にある少女とそっくりなのに、まるで違《ちが》う少女。

……記憶にあると言ってもその姿《すがた》だけなのだ。それなら、同一人物と考えた方がすっきりとする。違うと感じたのは、容姿《ようし》から、もっと清楚《せいそ》な性格《せいかく》を想像《そうぞう》していたと解釈《かいしゃく》することだってできる。

なぜか、納得《なっとく》はできなかったが。

少女の言葉を思い出す。

なにもできないとは、どういうことなのだろう？　挑発《ちょうはつ》しているというよりも、ただ事実を述《の》べているという感じだった。リーリンの右目にあるものは、この騒動《そうどう》と深いかかわりを持っているような気がする。それなのに、なにもできないというのはどういうことだろう。なにをしようと、どうしようと、それはもう決められたことをなぞっているだけにしか過ぎない。そういうことなのだろうか？

だとすれば、それはとても辛《つら》いことなのかもしれない。自分の意思のようで、そうではない。自ら選んで行動したのだとしても、それが最初から決められていたと言われればどういう気持ちになるか。

わからない。わからないことは不安だ。しかし、どうすればわかることができるのかもわからない。

不安のまま、病室に辿り着いた。リーリンは頬《ほお》を軽く叩《たた》いて、硬《かた》くなった表情《ひょうじょう》を柔《やわ》らかくした。

メイシェンは起きていた。

個室《こしつ》などというものはない。集団部屋《しゅうだんべや》だ。ベッドを遮《さえぎ》るカーテンから覗《のぞ》くと、彼女は所《しょ》在《ざい》なげにベッドに腰《こし》を降《お》ろしていた。リーリンの顔を見ると、どこかほっとした表情を見せた。

「もう大丈夫《だいじょうぶ》？」

「うん。お医者さんに診《み》てもらって、良かったら出てもいいって。ごめんね」

「しかたないよ」

リーリンも彼女の隣《となり》に腰を降ろす。

こうして、二人だけで顔を合わせることはほとんどなかった。メイシェンと話す時にはたいていの場合、ナルキかミィフィがそばにいる。彼女はそういう子なのだ。一人でいることが辛い子なのだ。それが悪いことだとは、リーリンは思わなかった。

隣に座《すわ》っても拒否《きょひ》されたり、警戒されたりする気配はない。それだけで、彼女にとってもそして自分と彼女との仲も進展《しんてん》している証《あかし》なのだ。

「外、まだ大変そうなの」

「よくわからないのよ。ナルキやミィフィには会った？」

「ミィには。ナッキ、怪我《けが》してるの？」

「うん。でも、大丈夫みたいよ。都市《とし》警《けい》の仕事をするって」

そんな風にわかっていることを教えていく。

淡々《たんたん》と、そしてどこかゆっくりとした時間だった。しかしその中に、ひそやかな緊張《きんちょう》があるのもリーリンは感じていた。それは天井《てんじょう》の向こうにあるツェルニの状況《じょうきょう》でもあったが、それ以外のものもあるような気がした。リーリンではなく、メイシェンの緊張が伝わって来ていたのだとその顔を見ている内にわかった。

彼女は下から人を見る癖《くせ》がある。対人恐怖症《きょうふしょう》の気がそうさせるのだろう。俯《うつむ》き気味で、視線《しせん》をまっすぐに合わせないようにするのだ。だがそこから抜《ぬ》け出そうとしている。だから生まれた都市から出て、ここにいる。レイフォンと知り合い、こうしてリーリンとも話している。

そんな彼女を、リーリンは強いと思う。

いまの自分から抜け出そうとしているのだ。なによりも辛い戦いなのではないかと思う。レイフォンも自分を見直そうとしている。武芸者《ぶげいしゃ》であることを止めることが最初の行動だったが、いまはそれだけが全《すべ》てではないと思っているのだと、リーリンは思う。もしかしたら流されているだけではないかと危惧《きぐ》してしまうけれど。

ニーナも、そして同じ寮《りょう》の人たちにもそれはある。どこかで自分と戦っているように思える。

学園都市にいる人々はみんなそうなのだろう。そうでなければ、どうして放浪《ほうろう》バスに乗って危険《きけん》な思いまでして都市の外に出なければならないのか。しかしだとすれば、この世界には、なんと無数の戦いがあるのだろう。

「レイ……とん…………………レイフォンは、まだ戻《もど》ってこないのかな？」

だとすれば、いま、メイシェンの思いつめた表情で紡《つむ》ぎ出された言葉も、彼女にとっては戦いの一つなのだ。もしかしたら他《ほか》の誰かにとってはなんでもないことであっても、彼女にとっては戦いに値《あたい》するものに違《ちが》いない。

「うん。まだみたい」

そういえば、レイフォンが戻ったという話を聞いていない。ニーナたちは戻ったというのに。

「……心配、してないの？」

そう聞かれて、リーリンは返事に戸惑《とまど》った。

死んではいないと思う。大怪我《おおけが》をしたなんてこともないと思う。炊《た》き出しをしている時にニーナと会った。もしそうなっていたとしたら、彼女はそれを隠《かく》して平然とできるような性格《せいかく》ではない。

それなら、無事なのだろう。

信じる。それだけしか、リーリンにはできないのだ。

「だって、なにもできないもの。だから、信じるぐらいはしてあげないと」

デルクからの刀を渡《わた》すためにこの都市に来た。その時にひと騒動あった。そして自分の考えは吐《は》き出した。きっといま、レイフォンは辛《つら》い戦いの中にいる。きっと、戦場の中で一番辛い局面の中で戦っているに違いないと思う。グレンダンでなら他の誰かに任《まか》せることができたことが、ツェルニではできないのだから。

だから、刀を持って欲《ほ》しいと思った。レイフォンが武芸者を続けることには反対しない。それが一番自分らしいと思えるのなら、そうあって欲しいと思う。でも、もしも続けるのなら刀を持って欲しい。自分の望む場所で、全力を出せないようなことにはなって欲しくない。

そして、レイフォンは刀を持つことを決めた。リーリンの考えを受け入れてくれた。デルクの許《ゆる》しを受け入れてくれた。

レイフォンの中で、グレンダンでの日々が切り捨《す》てられた過去《かこ》になってはいないと思えた。刀を持たないという考えそのものが過去にこだわっているからだと考えることもできるのだけれど、どうしても、そう割《わ》りきれなかった。ちゃんと知ることができて、本当にうれしかったのだ。

だから、信じることは揺《ゆ》るがさない。グレンダンにいた時と同じように、レイフォンは無事に帰ってくる。

……………あれ？

「強いね」

俯《うつむ》いたまま、メイシェンが呟《つぶや》く。リーリンは胸《むね》の内に感じたわずかな揺れを無視しようとして、彼女を見た。メイシェンははっきりと俯いていた。視線は、ベッドに腰《こし》かけた自分の足元に投げかけられている。

「わたしは、そんなに強くなれないよ。ずっと……ずっと心配で、どうにかなっちゃいそう」

彼女のスカートに黒い点が生まれた。それは濡《ぬ》れた……落ちた涙《なみだ》の跡《あと》だった。それがゆっくりと数を増《ふ》やしていく。

泣くほどに、心配したことがあるだろうか？　リーリンは自らに問いかけた。レイフォンと再会《さいかい》した時、その傷《きず》だらけの姿《すがた》には涙が出た。そんな姿になるまでグレンダンでは戦っていなかった。レイフォンと肩《かた》を並《なら》べられる人がたくさんいるからだ。そう思っていた。

そして、それならばレイフォンはきっと帰ってくると信じていた。

「ナッキだって心配だけど、他の人も、見たことのある人が、クラスの武芸者《ぶげいしゃ》の人が、明日いなかったらどうしようって考えたら不安だけど、レイとんのことは、もっと心配なの。ナッキと同じくらい、もしかしたらそれよりもっと、心配なの」

「うん」

相づちの言葉が無力に感じた。自分はその言葉になんの意味をおいたのだろう？　同意？　納得《なっとく》？　それともただ、話を先に進めさせたかっただけ？

「わたしは……レイと……レイフォンのことが、好きなの。たぶん、初めて、好きになれた男性《ひと》なの」

「うん」

無力だ。

レイフォンからの手紙を読んでいて、すぐにわかったのがメイシェンだった。きっと、この女性はレイフォンのことが好きなんだと、確信《かくしん》した。他に気になる二人、ニーナやフェリについては、よくわからなかった。武芸者として一緒《いっしょ》にいるだけかもしれないと考えることだってできた。

実際《じっさい》に顔をあわせて見て、フェリもそうなんだと確信した。ニーナは微妙《びみょう》だった。もしそうであったとしても、彼女は自分の気持ちに気付く余裕《よゆう》もないほどに、他のなにかを見ているような気がした。

手紙からでもわかるほどに、メイシェンは積極的だった。手紙だけでは彼女が人見知りな性格《せいかく》なんだというのは嘘《うそ》なのではないかとさえ思った。だけど彼女は本当に人見知りな性格だった。それをどうにかしたいと思っていた。幼《おさな》なじみの後押《あとお》しもあっただろうけれど、だからこそ、彼女は行動だけでも積極的に動こうとしたのかもしれない。

好きになったのがレイフォンでなければ、この子はもっと早くに人見知りな性格を改善《かいぜん》できていたかもしれないとさえ思う。レイフォンは武芸以外のことで鈍感過《どんかんす》ぎる。メイシェンのような女の子にここまでされて、心を傾《かたむ》けない男が、愚《おろ》か過ぎるのだ。

そのことに、本当に腹《はら》を立てられる。朴念仁《ぼくねんじん》と怒《ど》鳴《な》りつけたくなる。

そういう気持ちに、なってしまう。

「リーリンは、強いよ。わたし、どうしたらいいのか、わからない」

顔を覆《おお》い、細く嗚《お》咽《えつ》を漏《も》らすメイシェンの背《せ》に手をやり、撫《な》でた。背中の震《ふる》えが伝わってくる。

かける言葉が、なにも思いつかない。

なにを言ってあげればいいのか、なにを伝えればいいのか。レイフォンを思って、その身を心配して涙を流すメイシェンに、どうしてあげればいいのか、リーリンには、本当にわからなかった。

ミィフィが来てくれなければ、リーリンはこのまま、なにもできずにこうしていただけだろう。

ミィフィにメイシェンを預《あず》けた。彼女がそう促《うなが》してくれたのだ。そうしてくれて、本当に良かったと思った。同時に、ひどいことをしているようにも思った。いま、自分は、たしかにほっとしているのだ。あの場から逃《に》げることができて。

考えなければいけないことが他《ほか》にもあるから。あの少女のこと、誰《だれ》にも気付かれない右目のこと、もっと大事な問題が自分にはあるから。

そんなことは、ただの言い逃《のが》れだ。彼女との会話の途中《とちゅう》で気付いた自分の心に、リーリンはもっと動揺《どうよう》していた。一瞬《いっしゅん》、我《われ》を忘《わす》れてしまっていた。メイシェンの隣《となり》にいる間、右目のことなんて少しも思い出さなかったではないか。

再《ふたた》び、廊下《ろうか》を歩く。

ここは異郷《いきょう》だと、リーリンは改めて思った。放浪《ほうろう》バスでの旅の途中でも思った。ツェルニに着いてからもしばらくは思っていた。だけど、それから過ごした三か月で、その考えはどこかに消えていた。

いま、改めてそれを思う。ここは異郷。グレンダンではない。

そして、自分の場所でもないのかもしれない。

望むもの、望むこと、それら全《すべ》て、レイフォンに錬金鋼《ダイト》というデルクの気持ちを渡《わた》した時点で終わってしまったように思う。だから、ここでやりたいことはなにもない。学園都市で学べることはたくさんあるはずだけれど、いまは少しでも早く、グレンダンの地を踏《ふ》みたいと思っている。

帰りたいと思っている。

孤児院《こじいん》を遠くから見るだけでいい。デルクのために夕飯を作ってあげたい。ツェルニとは違《ちが》って、もっと狭《せま》い教室の雑然《ざつぜん》とした雰囲気《ふんいき》を感じたい。シノーラ先輩《せんぱい》の馬鹿《ばか》な行動を眺《なが》めたい。

唐突《とうとつ》に思いが募《つの》った。涙は溢《あふ》れないが、頭の奥《おく》が熱かった。

歩く。歩き続ける。だけどどこにも、落ち着ける場所などない。ここは非常用《ひじようよう》のシェルターで、そしてツェルニだった。グレンダンだったら、シェルターにだってそれはある。小さな頃《ころ》から、まるで月の行事のように通っていたのだ。孤児院という枠《わく》を超《こ》えて、地区の子供《こども》たちが縄張《なわば》り争いのようなことをしていた。リーリンも混《ま》ざって石を投げ合ったこともある。すぐに怒鳴って鎮圧《ちんあつ》する側に回ったが、リーリンにだってそんな時期はあった。

一人暮《く》らしをするようになって、避難《ひなん》するシェルターの場所も変わり、炊《た》き出しをする時の食堂が、リーリンの落ち着ける場所になっていた。そこで知り合った人たちが、また学生寮《りょう》で暮らすリーリンに地上で声をかけてくれたりする。安い食材の店を教えてくれたりする。

リーリンという人間の基盤《きばん》があそこにあった。それを、リーリンはいま、とても深く求めていた。

なにかに寄《よ》りかかりたいと思っていた。

弱っている自覚がある。そして、そんな弱さがリーリンは嫌《きら》いだった。迷《まよ》っていた。ここに来ることを迷い続けていた。迷った末にやってきた。レイフォンに会いたかったのだ。会って、それでどうしたかったのか、それは会ってみるまでわからないと思っていた。自分の心を理解《りかい》しているつもりではあったが、あと一歩のところでそれをわかりきっていなかったような気もしていた。

全てを確《たし》かめたかった。自分の気持ち、レイフォンの気持ち、そして、未来も。

それらは、もう終わった。シェルターに入る前の晩《ばん》に、全てが終わったと思う。

右目が痛《いた》い。

そのことを誰かに話してしまいたい。

メイシェンの気持ちが辛《つら》い。

そのことを誰かに聞いて欲《ほ》しい。誰か別の、第三者の答えが欲しい。自分の望みをはっきりと誰かに指摘《してき》されてしまいたい。

弱っている。

気が付くと、あの場所に立っていた。

やはりここには誰もいない。あの眼球の群《む》れも、全てどこかに消えていた。見えなくなっただけなのか、本当に全てが消えたのか、右目を開けようとしたけれど、痛くて無理だった。

右目が、開くことを拒《こば》んでいるように思える。

「しばらくは、無理です」

空気をそっとわけるような声だった。

隣に立っていた。同じように、閉《と》じられたシャッターを見つめていた。やはり、あれとは別人だと、リーリンは思った。

夜色の美しい少女が隣に立っている。

まるで、そこにいることが当たり前だと言わんばかりに立っている。

「あなたは、誰なの？」

そう聞きたかった。だけれど、聞いたのは別のことだった。

「ねぇ、あなたはどうだったの？」

なぜか、この少女は、リーリンの心を全て見通しているような気がした。

「わたしは、ただ眠《ねむ》りたかった。ずっと眠っていたかった」

少女は呟《つぶや》いた。それはリーリンの望む答えではないような気がした。

だが、違った。

「眠っていられればどこでもよかった。でも、いまはあの人のそばで眠り続けたい」

「そう」

それはとても大事なことのようにリーリンは思えた。

「名前は？」

「サヤ」

短い答えに、リーリンは満足した。ニルフィリアと名乗った鏡のような少女のことも聞いてみたかったが、言葉が出てこなかった。

「辛《つら》いことになります」

サヤがぽつりと零《こぼ》した。

これから先、これからの未来。開かない右目。リーリンにこれから起こること。それら全《すべ》てを言い表しているように思えた。

辛いこと。誰かに話したい。頼《たよ》りたい。一人の姿《すがた》が頭に浮《う》かぶ。ぼんやりとしてて頼りないくせに、でも頼ってしまいたくなる男が一人。信じてしまいたい男が一人。

「それでも……」

右目の痛みは、いまはない。サヤがいるからだとリーリンは思った。右目は、この右目の本当の持ち主はサヤを求めているのだ。流れ流れて自分の中にあるが、本当はもっと別の場所にあるはずのものだったはずなのだ。

本当の場所。

リーリンにも、それはあるはずだ。自分が生きてきた場所、自分が生きたいと思う場所。そこに……

「帰ることができるなら」

帰らなければならない。ここでできることは全て果たした。そして、ここで生まれた問題、疑問《ぎもん》、それらを解《と》き明かすために、リーリンはグレンダンに帰らなければならないと思った。

戻《もど》って初めて、自分のレイフォンへの気持ちに整理を付けることができる。そう確信《かくしん》していた。

集まりが悪い。

†

「あん？」

数えることなど最初からしていないが、それでもうんざり具合が適度《てきど》に上がってきたいまになってそれを感じた。

鉄球を肩《かた》に担《かつ》ぎ直し、ルイメイは周囲を威嚇《いかく》する。

巨人《きょじん》たちは、いまもルイメイに向かって来ている。すぐそこにいるという距離《きょり》でもない。薙《な》ぎ払《はら》おうとすれば一撃《いちげき》だが、それでは都市に深刻《しんこく》なダメージが及《およ》ぶ。引きつけてから倒《たお》すというのが、いまのところの戦法だった。

だが、近寄《ちかよ》ってくる数が極端《きょくたん》に減《へ》って来てもいる。

「なんだ？　婆《ばあ》さん？」

（はいはい）

側《そば》にいたデルボネの端子《たんし》が空中に映像《えいぞう》を展開《てんかい》する。現《あらわ》れたツェルニの地図は、無数の光点で埋《う》め尽《つ》くされている。

（この辺りは、ずいぶんと減りましたね。偉《えら》いですね。ルイメイ）

「当たり前よ」

ルイメイは胸《むね》を張《は》った。

「だがな。気に入らん。次が来ない。どういうことだ？」

光点の分布《ぶんぷ》は、濃淡《のうたん》がはっきりとしてきつつあった。ルイメイや、いまは離《はな》れたところにいるトロイアットの周辺は薄《うす》い。代わりに他《ほか》の一点が濃《こ》くなりつつある。戦場に引き寄《よ》せられていないのだ。なにか、別の目標を見つけたのかもしれない。

「外縁部《がいえん》ではしゃいでる馬鹿《ばか》がいたな。あれとは違《ちが》うみたいだが」

（サヴァリスさんとレイフォンさんですよ）

「負けたか、あのくそガキ」

どちらも感じたことのある勁《けい》だった。勝負がきっちりと付いた感じもした。だが、どちらも生きている。ならば負けたのはサヴァリスだと、ルイメイは読んだ。

（サヴァリスさんは、右手を怪我《けが》していたようですね）

「婆さんらしくもない甘《あま》いことを。戦場に立った時点で怪我もくそも関係ねぇ。それで立った方が悪いんだ」

デルボネの端子からは、微笑《ほほえ》みの気配だけが漂《ただよ》ってきた。ルイメイは舌打《したう》ちしてモニターに目を戻した。

「んなことはどうでもいいんだ。こいつらは暴《あば》れたいだけじゃなさそうだが、移動《いどう》しなくてもいいのか？」

（トロイアットさんに、それとバーメリンさんにもそろそろ動いてもらいます。リンテンスさんも行くかもしれません）

「なんでぇ、大盤振《おおばんぶ》る舞《ま》いじゃねぇか？　俺は？」

（あなた、細かいことはお嫌《きら》いでしょう？）

「けっ！」

ルイメイが大きく吐《は》き出し、デルボネの笑い声が朗《ほが》らかに戦場を揺《ゆ》らした。

そこに訪《おとず》れる、影《かげ》一つ。

「ああ？」

ルイメイは振《ふ》り返った。

†

念威繰者《ねんいそうしゃ》が緊急《きんきゅう》を知らせてきた。

（A10ゲートに、お、汚染獣《おせんじゆう》が集結しようとしています！）

いまだ、ニーナたちは地下の研究室だ。起き上がったばかりのカリアンたちは、その報《ほう》告《こく》に青かった表情《ひょうじょう》をさらに青くした。

「天剣《てんけん》……グレンダンの武芸者《ぶげいしゃ》は？」

まだ意識《いしき》がはっきりしないのか、額《ひたい》に手をやりカリアンが問い返す。

（都市中央部で掃討《そうとう》戦を展開《てんかい》中です。信じられない速度だったのですが、汚染獣が、いきなり進路を変更《へんこう》してそちらに）

「ヴァンゼは？」

（ヴァンゼ隊長は動ける武芸者を集めて、再配置《さいはいち》の指示《しじ》を、生徒のA区画からの避難《ひなん》の指示もしています。まだゲートへの直接攻撃《ちょくせつこうげき》はなされていませんが、時間の問題です）

「生徒の避難が済《す》んだら、A区画の完全封鎖《ふうさ》を。私たちの帰還《きかん》は考えなくてかまわない。いなくなったものとして、ヴァンゼに全指揮権《けん》を委譲《いじょう》する」

（わかりました。伝えます）

念威繰者が沈黙《ちんもく》する。

「さて、おれたちは帰れなくなったな」

シャーニッドが呟《つぶや》く。

「外のゴルネオたちが心配だ。状況《じょうきょう》も伝えないといけない」

ニーナの言葉に、カリアンは頷《うなず》いた。

「ここにまで退避《たいひ》できれば時間は稼《かせ》げる。頼《たの》む」

錬金《れんきん》科長は呆然《ぼうぜん》と、無人のポッドを見つめている。その横でカリアンが頷いた。

ニーナとシャーニッドは飛び出した。ニーナの気分は、すでに切り替《か》わっている。いなくなった少女のことを、いつまでも考えていられるような事態《じたい》ではない。

廃屋《はいおく》を抜《ぬ》け、外へと出る。

周囲が赤く染《そ》まっていた。木々が燃《も》えているのだ。シャンテの化錬剄《けい》と、ニーナは見た。枯《か》れ葉《は》で埋まる正面の庭にも、炎《ほのお》が広がっている。炎の中心に複数《ふくすう》の巨人《きょじん》と、ゴルネオたちがいた。

「シャーニッド、屋上」

短く指示を出し、ニーナは鉄鞭《てっべん》を振るって炎を切り裂《さ》き、ゴルネオたちの横に立つ。

「無事か？」

「まぁな」

短く答える。だが、決して無事とは言えそうにない。小さな傷《きず》があちこちに走り、血が滲《にじ》んでいる。シャンテの方に怪我《けが》らしい怪我はない。気力が衰《おとろ》えた様子もない。だが、ゴルネオを気にする雰囲気《ふんいき》が集中力を削《そ》いでいるように見えた。

「殺しきれん。嫌《いや》になるほどの再生力《さいせい》だ」

　こちらを囲もうとする巨人は八体。そのどれもが無事な姿《すがた》ではない。周囲の炎に焙《あぶ》られて、それが移《うつ》っているものもいる。ゴルネオの拳《こぶし》によってわき腹《ばら》が大きく陥没《かんぼつ》しているものも、シャンテの槍《やり》だろう、肩《かた》の肉がごっそりと失われ、爆砕《ばくさい》したらしい荒々《あらあら》しい傷を負ったものもいる。

　だが、それら全《すべ》ての傷の周りには泡《あわ》が立ち、埋《う》めようとしている。

　巨人たちに疲労《ひろう》した様子はない。だが、ゴルネオもシャンテも、気力はともかく疲労の方は隠《かく》しようもなかった。連戦が続いている。

「シェルターに汚染獣が集中し始めた。戻《もど》れない」

「そうか」

　告げても、ゴルネオは動じなかった。

「都市中央部からグレンダンの武芸者が掃討している。そこから動きが変化したらしい」

「逃げた、とは考えにくいな。別の目的ができたんだろう。どちらにしろ、こちらにこれ以上来ることはない、と考えられるな」

　一体が近づいてくる。シャンテが飛び、ゴルネオが地を這《は》うように動く。ニーナは引きずられるように動き出した他《ほか》の一体に向かった。ゴルネオたちの連携《れんけい》に入り込《こ》むことは不《ふ》可能《かのう》だと理解《りかい》している。上下からの接近に、巨人が対応《たいおう》を迷わせる。その隙《すき》にゴルネオが巨人の片膝《かたひざ》に拳を叩《たた》きつける。巨人が粉砕《ふんさい》された音がした。バランスを崩《くず》して倒《たお》れる最中にシャンテの槍が巨人の大口に突《つ》き込まれる。内部に注がれた炎剄が、牙《きば》の間から溢《あふ》れ出した。

その最中に、ニーナはもう一体へと接近する。巨人が手にした板のような武器《ぶき》を振《ふ》り上げる。剣に近いが、切れ味はなさそうだ。しかし、巨軀《きょく》による怪力《かいりき》で振り回されれば、ニーナの体などは簡単《かんたん》に破裂《はれつ》してしまうのではないかと思う。

身を低くして迫《せま》るニーナしか、巨人は見ていない。

その体が、いきなり震《ふる》えた。シャーニッドの銃弾《じゅうだん》が巨人の頭に穴《あな》をあけた。その隙にニーナは懐《ふところ》にまで入り込み、こちらも膝を破壊《はかい》する。倒れこんできたところに全力で振り上げた二本の鉄鞭が舞い、宙《ちゅう》へと押《お》し上げた。

とどめ……だが、他の巨人が動く気配を見せ、ニーナは衝剄《しょうけい》を放ちながら元の位置まで退避するしかなかった。シャーニッドの援護《えんご》もある。最初に廃屋の屋上に行くように指示《しじ》したが、数発目から射線《しゃせん》が屋上からではない気がした。すでに移動《いどう》したのかもしれない。援護者《えんごしゃ》の位置に気付かれ、潰しに来られるのを嫌《きら》ったか。相手の巨人が組織《そしき》的に動いていると見て、そうしたのか。

普通《ふつう》の汚染獣《おせんじゅう》ではない。形だけの話ではなく、一度ぶつかってみてそう思った。二体ばかりが囲みから出てきた時には、迂闊《うかつ》なとしか思わなかった。だがもしかしたら、援軍《えんぐん》がどれほどのものか確認《かくにん》するためのものだったのかもしれないと考えた。

「やりづらいな」

「ああ、おれたちほどではないが組織戦《そしきせん》をしようとする」

ニーナたちを囲んでいるのは八体。これ以上増《ふ》える様子はないと言っても、切り抜《ぬ》けられなければいずれ押し潰《つぶ》される。

倒れていた巨人が起き上がる。ゴルネオに潰された膝から、シャンテに焼かれた口から、泡が溢《あふ》れている。ニーナが打ち倒した方も、それは変わらない。

「確実に潰さないと、きりがないな」

「だが、それをしようとすれば、他の奴《やつ》らが味方ごと潰しにかかる。一度やられた」

ゴルネオの傷はその時のものなのかもしれない。

「消耗戦《しょうもうせん》は、こちらが不利だ」

「武芸者の優位《ゆうい》点は速度しかない。その通りだ」

ゴルネオにはすぐに通じた。二人だったのが四人になった。攻撃《こうげき》に三人。シャーニッドが他への牽制《けんせい》。フェリの端子《たんし》はここにはない。付けられていた念威繰者《ねんいそうしゃ》はカリアンとヴァンゼを繋《つな》いでいる。やはりここにはない。シャーニッドがそう動いてくれるか？　不安はそこだけだが、信じるしかない。

「シャア！」

最初に動いたのは、シャンテだ。一声吠《ほ》え、高く跳《と》んだ。ゴルネオも走る。進路は、起き上がって再生を待っている巨人に向けられた。動きが一番鈍《にぶ》くなっているそれで試《ため》す。同じ形での攻めに、その巨人は頭上のシャンテを捨《す》てた。足を攻められることを嫌ったのか。ゴルネオに集中した様子《せ》で、武器を横に薙《な》ぎ払《はら》う。

地を這うように駆《か》けていたゴルネオが跳ぶ。横薙ぎの一撃は地面を掻《か》き、土砂《どしゃ》を撒《ま》き散《ち》らした。

宙を跳んだゴルネオ。そこにシャンテが合流する。太い腕《うで》が空に伸《の》び、五指を広げた掌《てのひら》が上を向く、そこに小柄《こがら》な彼女が両足を乗せた。無言のうちの連携。

ゴルネオがシャンテを投げた。剛力《ごうりき》によって投じられたシャンテは槍《やり》を前に出し、炎剄《えんけい》を前面に展開《てんかい》する。

「炎剄将弾閃《しょうだんせん》！」

槍が屈《かが》めた巨人《きょじん》の背《せ》に突き立った。炎《ほのお》によってその周囲の肉が焼け、弾《はじ》け、溶《と》ける。槍は巨人の胸《むね》に穂先《ほさき》が出るほどに深く突き立った。引き抜《ぬ》くのを諦《あきら》め、シャンテが跳んで退《たい》避《ひ》する。

後を追うように、ゴルネオが落下してきた。

外力系衝剄《けい》の変化、剛力徹破《てっぱ》・突。

蹴《け》りによる一撃は背中から飛び出たシャンテの槍を打った。槍が巨人の胸から飛び出る。同時に、槍を伝って、内部に浸透《しんとう》破壊の剄が走る。巨人の全身に亀裂《きれつ》が走った。

「ニーナ!」

巨人から飛び退《の》きながら、ゴルネオが叫んだ。

その時には、ニーナの準備《じゅんび》も済《す》んでいた。

最初にまき散らされた土砂。紛《まぎ》れ込むならそこだと考えた。シャーニッドがうまい具合に銃弾《じゅうだん》を乱射《らんしゃ》し、他の連中の気をそらせてもくれた。動きを止めてくれた。それが重要だ。そうでなければゴルネオとシャンテも、他の巨人を警戒《けいかい》してあんな思いきった攻撃はできなかっただろう。

二人の連携は巻《ま》きあがった土砂が落ちる前に終わっていた。周囲を燃《も》やす炎の上昇《じょうしょう》気流が、砂塵《さじん》をそう簡単《かんたん》に大人しくはさせなかったこともある。ニーナの姿《すがた》は、一時的にだが完全に消えていた。

剄を読む能力《のうりょく》でもなければ、見つけるのは不可能《ふかのう》だったろう。

放つ。

活勁衝勁混合《こんごう》変化、雷迅《らいじん》。

奔《はし》る。

地面に倒《たお》れようとする巨人の胸では、すでに再生《さいせい》が始まろうとしていた。恐《おそ》ろしい生命力だ。殺し切れるのか？　刹那《せつな》の間だけ迷《まよ》い、即座《そくざ》に断《た》ち切った。雷光をまとって、ニーナはもう奔っているのだ。結果はすでに鉄鞭《てつべん》に宿っている。

頭を打ちすえるのはたやすかった。それが、気化するように弾け、残骸《ざんがい》がニーナの纏《まと》う衝勁に弾き飛ばされる。うつ伏《ぶ》せに倒れようとしていた巨人はその衝撃《しょうげき》で吹《ふ》き飛び、数メルトル先で大きな地響《じひび》きを上げた。

勁の残滓《ざんし》を体から払《はら》い、地に突き立った槍をシャンテに向けて蹴りつける。無礼かと思ったが、戦闘《せんとう》中に武器《ぶき》を手放すようなことはしたくなかった。

シャンテは文句《もんく》を言わず、宙《ちゅう》で回転するそれを受け止めた。

倒したという感触《かんしょく》を確《たし》かめる余裕《よゆう》はない。確認《かくにん》する暇《ひま》もなく、シャーニッドの弾幕《だんまく》を抜《ぬ》けて新たな巨人がまとめて襲《おそ》ってきた。一体ずつで来ることが危険《きけん》と読んだのだろう。残った七体が同時に襲いかかって来ている。それは、壁《かべ》が動いて迫っているのと、そう変わらない状況《じょうきょう》のように思えた。

だが、巨大《きょだい》すぎるのも考えものだ。武器を振《ふ》り回しながら一人を囲もうとすれば、人数には限界《げんかい》が出てくる。相手はさらに巨大で、振り回す武器も長大だった。そしてこちらは小さいのだ。気を付けてたち回れば二体以上からの攻撃《こうげき》が同時に、あるいは連携《れんけい》して襲いかかってくることはなかった。

しばらくは逃げの一手を打った。逃げ回りながら、倒れた巨人がいつまでも起きてこないことを確認した。ゴルネオも同様だ。シャンテなどはその身軽さを利用して巨人の頭から頭へと跳躍《ちょうやく》し槍の一撃を加えている。

観察も、怠《おこた》らない。

巨大で、怪力《かいりき》、だが、武芸者に比《くら》べればその動きは鈍重《どんじゅう》。基本《きほん》的なところはやはり汚染《おせん》獣《じゅう》と変わりない。

シャンテが注意を注いでいる。やはり、下よりも上を飛び回られる方が鬱陶《うっとう》しいものらしい。そちらへと巨人たちの注意が流れやすくなっていると、ニーナは見た。それを察して、ゴルネオがときおり果断《かだん》な攻撃を加えて注意を散らしている。

利用できないか。そう考えた。だが、ゴルネオにどうやって伝えるか？　そんな余裕はない。念威繰者《ねんいそうしゃ》がいないだけで、連携が難《むずか》しい。どれだけ頼《たよ》っているか思い知らされた。

なにかできないか？　さっきのような思い切った連携はもうできないだろうと思ってい

た。できたとしてもそれは、相手の数が半分にでも減らない限《かぎ》りは無理だ。そして半分……三体を倒《たお》すためのなにかを、考えなければならない。個々《ここ》で戦っていては潰《つぶ》されてしまう。

「なにかないか……」

巨人たちを引き回しながら、ニーナは考える。

全体の位置を確認する。ニーナに二体、ゴルネオが二体、シャンテが三体をひきつれて逃《に》げ回っている。シャーニッドの弾丸はせわしなくその三者の間を飛び回り、これ以上の不利な位置関係にならないように調整してくれている。シャーニッドの弾丸は、大きな傷《きず》を負わせてはいないが、なにか気に障《さわ》る一撃《いちげき》ではあるようだ。もしかしたら、巨人の弱い部分に気付いているのかもしれない。念威端子《たんし》があれば、それを聞くこともできたのだが……

瞬間《しゅんかん》、閃《ひらめ》いた。

だが……通じるかどうか。

「やってみるしかない、か」

しばらくは逃げに徹《てっ》した。ゴルネオかシャンテ、どちらかがこちらの攻撃に気付いて加わってもらわなければならない。

そして思い通りの位置に立った。ニーナの前の巨人《きょじん》は、一体がやや遅《おく》れた感じになった。その後ろにシャンテがいる。彼女も三体を引き受けたままだ。できればゴルネオが良かった。しかし、そのタイミングを待つには長い時間がかかりそうな気もした。

やるしかない。

動いた。

さらに後ろに下がると見せかけて、一気に距離《きょり》を詰《つ》めた。目算を誤《あやま》った様子で巨人の足が揺《ゆ》れる。ニーナの胴体《どうたい》もありそうな足だ。そんなふらついた動きでも、当たれば吹《ふ》き飛ばされることだろう。

左の鉄鞭で、足を払う。巨人が体を宙に投げ出して、背中《せなか》から落ちた。

右の鉄鞭を振りあげる。倒れた巨人の向こうからもう一体が迫ってくる。かまわず、その鉄鞭に剄を凝縮《ぎょうしゅく》させた。

シャーニッドからの弾丸。全体からすれば小さな一撃だが、やはり末梢神経《まっしょうしんけい》の集まっている場所でも打ったかのような反応《はんのう》をした。足を止め、身をよじらせる。武器《ぶき》を持っていない手が痛《いた》みに押《お》さえたのは胸《むね》。目のように埋《う》め込《こ》まれた球体だった。

それがどこかを、ニーナはしっかりと見たかったのだ。

「はぁっ！」

倒れた巨人のその部分に全力で鉄鞭を叩《たた》きつけた。

巨人が、大口から奇《き》怪《かい》な悲鳴を上げた。球体は全《すべ》て砕《くだ》けた。再生の泡《あわ》が即座《そくざ》に球体を包む。だが、巨人はすぐには起き出してはこなかった。感覚器官の集合体ではないか？　なんとなくだがそう思っていた。だが、あの再生《さいせい》力を目にしていると、それほど効果《こうか》がないのではないかとも思えてしまっていた。人体に似《に》た形から、頭が弱点ではと、なんとなく考えてしまうということもある。

シャーニッドは狙撃《そげき》という点の攻撃を行う。有効《ゆうこう》な一撃を模索《もさく》して、すぐにこの球体に目を付けたのだろう。

近距離《きんきょり》戦と遠距離戦の差が、ここに出ていたのだろう。

シャーニッドの狙撃で足を止めた巨人も、再《ふた》び動き出そうとしている。ニーナは続けざまに巨人を打った。球体を完全に破壊《はかい》した。それでも死には繋《つな》がらない。完全に生命の糸を切るための決定打にはなりきらない。

無理か。そう思った時、上からシャンテが降《ふ》ってきた。

槍《やり》が胸に突《つ》き立てられる。

「しゃぁあぁぁぁっ！」

吠《ほ》えた。炎剄《えんけい》が爆発《ばくはつ》する。巨人が四肢《しし》を震《ふる》わせて動きを止めた。

「球体だ！　胸！」

ニーナは叫《さけ》んだ。ゴルネオとシャンテにも弱点を伝える。

だが、事態《じたい》はそれどころではなかった。

「跳《と》べ！」

ニーナは続けざまに叫んでいた。シャンテの槍が巨人の胸にひっかかったのだ。抜くのに手間取っている。その背《せ》に、残っていた巨人が近づいている。

叫びながら、ニーナは跳んだ。巨人の武器はすでに振《ふ》り上げられ、振り下ろされようとしている。金剛剄《こんごうけい》ならば防《ふせ》げる。その確信《かくしん》があった。

シャンテが振り返る。表情《ひょうじょう》の変化を見ている余裕《よゆう》はなかった。鉄鞭《てつべん》を交叉《こうさ》させて受け止める構《かま》え、そして金剛剄。

両腕《りょううで》にすさまじい重圧《じゅうあつ》が襲《おそ》いかかる。だが、耐《た》えきれる。十数秒は。瞬時《しゅんじ》に冷静な数字が出た。長い圧力《あつりょく》に耐えるには、剄力が足りない。ニーナはそれを痛感《つうかん》した。

胸がうずいた。ニルフィリアが投げ、そしてニーナが受け止めた、あの仮面《かめん》が溶《と》けるように消えた場所だ。そこにいるのか？　ニーナは言葉にせず問いかけた。

だが、答えはない。

「ぐう……っ！」

骨《ほね》の軋《きし》む感覚。手首の痛みがいまさら戻《もど》ってきた。耐えられる時間が減《へ》った。シャンテが背後《はいご》で槍を抜く。ゴルネオも動いた。ニーナを押し潰そうとしている巨人の胸に拳打《けんだ》を埋《う》め込む。悲鳴を上げてのけぞった。ニーナは後方に跳ぶ。シャンテが怒《いか》りの声を上げて、ゴルネオの拳打の跡《あと》に槍の一撃を重ねた。

「退《ひ》けっ！」

ゴルネオの声。たしかに、しばらく活剄を回復《かいふく》に回さなければ思うように動けないかもしれない。

ドクン……

胸が、仮面が、鼓動《こどう》を響《ひび》かせる。

「どこに退けるっ！」

ニーナは叫んでいた。叫んだ自分に驚《おどろ》いていた。だが、叫びは止まらない。

「退く場所などどこにもない！　道は切り開くしかない！」

言葉が胸の内から湧《わ》いて、その言葉に伴《ともな》った気持ちが形にもならないままに次から次へと際限《さいげん》なく湧きだしてくる。焦燥《しょうそう》や悲しみや憎悪《ぞうお》……そういった負の感情が、やがては全て怒りに塗《ぬ》りかえられていく。だからこその叫びだった。

これは誰《だれ》の感情だ？　自分のものとは思えなかった。廃貴族《はいきぞく》。それしかないではないか。

「危機《きき》はそこにある。わたしたちに逃《に》げ場はない。戦うしかない。全てを守るために、戦うしかない」

胸の奥《おく》から押し出される感情が言葉に変わっている。自分の声だ。しかしやはり自分で考えているとは思えない。自分の中のなにかがそう言わせているとは思えない。言葉に宿る感情にどうしてもなじめないのだ。廃貴族。しかしそれだけではない。

脳裏《のうり》に一瞬《いっしゅん》、なにかの映像《えいぞう》が浮《う》かんだ。まるで知らない場所だった。だが、同じように戦場だった。追い詰《つ》められ、荒廃《こうはい》した都市の光景だった。そこで戦うのはツェルニの戦闘《せんとう》衣《い》を着た武芸者《ぶげいしゃ》ではなかった。大人もいた、老人もいた、子供《こども》もいた。統一《とういつ》感のない武芸者の群《む》れだった。

これは、廃貴族が守り続けた都市の人々。それを見守り続けてきた廃貴族の記憶《きおく》だ。

そしてこの言葉は、そこで吐《は》かれた、誰かの怒りの言葉なのだ。

「戦いしかない。逃げ場はない。戦って戦って戦って、ただ一摑《ひとつか》みでもいい、希望を摑んで見せてやるのが、武芸者のやることだ！」

そう叫びながら、滅《ほろ》びの決まった都市の中で、武芸者たちは戦ったのだ。

それを、廃貴族はただ見つめるしかできなかったのだ。

それが、許《ゆる》せなかったのだ。

見守るしかできない自分が。自らの身でありながら、自らが愛しんだ人々でありながら、その瞬間《しゅんかん》にはなにもできない自分を呪《のろ》ったのだ。

だから、この廃貴族は生まれたのだ。

『ディクセリオは、その仮面に復讐《ふくしゅう》という念を乗せた。わかりやすいことが、あの男には必要だった。だからこそ、仮面はあのまま。では、あなたは？』

ニルフィリアの言葉が、不意に浮かんだ。

廃貴族とは、復讐から生まれてくる。そしてディックもまた、復讐を誓《ちか》って戦っているのか？　そのために狼面衆《ろうめんしゅう》と戦っているのか？

いまここに、廃貴族の復讐心がある。

では、ニーナは？

ニーナの中には、なにがある？　廃貴族の復讐心に乗るだけではだめだ。それではニーナにとって大事なものが失われる。その予感があった。他人の復讐心に従《したが》って自らの体を動かす。それでは、ニーナという人格《じんかく》を殺しているのと同じだ。

そう感じた瞬間、ニーナは、自らの身が雷《かみなり》に打たれたような気分になった。

レイフォンは、そうではないか。

かつて、カリアンに言われた。マイアスから帰還《きかん》し、レイフォンと再会《さいかい》したあの後に言われた。戦う理由をニーナに預《あず》けている、と。レイフォンは自らの中にある理由で戦っていたのではない。いまはわからないが、あの時はそうだった。ニーナの戦う理由に引き込まれるようにして戦っていた。

それをニーナはいま、『死んでいる』と評《ひょう》した。他人の動機で戦うことをそう言ったのだ。

ニーナは、自らの身に降《ふ》りかかった時になって、ようやくレイフォンの状態《じょうたい》を本当に理《り》解《かい》したのだ。

レイフォンと、同じか……

心が、かすかに揺《ゆ》らいだ。

それで都市がたすかるのならば……わずかに生まれた弱気も飲み干《ほ》す。持ち直す。だめだ。しかしこれではだめだ。本能《ほんのう》がニーナを叱咤《しった》する。ここは境界線《きょうかいせん》だ。その線上にニーナは立っているのだ。一度線を跨《また》げば、もう戻ってくることはできないかもしれないのだ。

思い出したことがある。

仮面《かめん》となった廃貴族を被《かぶ》らされた時のことだ。

心の中を暴《あば》かれた。そう思った。約束に縛《しば》られている。そう言われた。電子精霊《せいれい》との約束。守ると約束したのだ。ツェルニに、そして名も知らぬ小さな電子精霊に。シュナイバルでは約束を守れなかった。それはニーナの命に取って代わった。初めての敗北だった。その時から、約束を必ず守れるようになるために生き続けたのだ。生き続けているのだ。ツェルニと出会った。守ると約束した。ならば守るのだ。レイフォンと出会った。その強さと、弱さを知った。彼が思う通りに戦えるようにするために、リーリンを守ると約束したのだ。

守らなければならないのだ。それが、ニーナにとっての武芸者の矜持《きょうじ》なのだ。

「わたしは……わたしだ」

喉《のど》を振《ふ》り絞《しぼ》るように声を出した。こんどは、叫《さけ》びにはならなかった。

「守るもののために戦う。それがわたしだ。それがわたしなのだ!」

巨人《きょじん》たちは動いている。ゴルネオとシャンテはその対応《たいおう》に追われている。膝《ひざ》をついたままのニーナに近づけないようにはしてくれているが、それも限界《げんかい》に近い。

巨人が一体、近づいてくる。シャーニッドの弾丸《だんがん》が足を止めようとする。だが、それもまた決定的なものにはならない。

「わたしがわたしであるために、わたしは戦うのだ!」

巨人の武器《ぶき》が振り下ろされる。

だがそれが、ひどく緩慢《かんまん》な動きに見えた。左の鉄鞭《てっべん》で受けた。手首の痛《いた》みはなかった。

重圧《じゅうあつ》もなかった。右を使う必要もなかった。だから受け止め、そのまま反撃《はんげき》した。巨人の体がのけぞるようにして飛び、上半身が爆砕《ばくさい》した。

唖然《あぜん》とした。なにかが起こった。

「……いや、これが」

全身を、青い勁《けい》のようなものが包んでいることに気付いた。

「これが、廃貴族《はいきぞく》？」

どこかで、ニルフィリアが笑っているような気がした。

いや、戸惑《とまど》っている暇《ひま》はない。

目の前にはまだ、巨人がいる。そしてシェルターにはさらに無数に。そこには一般《いっぱん》生徒たちがいるのだ。リーリンがいるのだ。

「力を、貸《か》してもらうぞ」

廃貴族に声をかける。体の奥《おく》で脈動するような感触《かんしょく》。応《こた》えたのだ。

ニーナは跳《と》んだ。巨人の群《む》れの中に自ら飛び込《こ》んだ。両の鉄鞭を思うさまに振り回した。鉄鞭を受けた巨人たちが吹《ふ》き飛んでいく。倒《たお》れていく。破壊《はかい》していく。

凄《すさ》まじい力だ。自分でも驚《おどろ》いてしまう。

残っていた巨人たちを、ほぼ一瞬《いっしゅん》でなぎ倒した。

唖然とした空気と視線《しせん》が、ニーナに集まっている。青い剄はいまだにニーナを包んでいる。張りつめている。戦いが終わっていないことを知らせている。

リーリンを守るのだ。

止まらなかった。ニーナは跳んだ。

目指すのは、敵《てき》の群れ。その向こうにいるリーリン。

約束を守るのだ。

「……なんだ？」

突然《とつぜん》の静寂《せいじゃく》に落とされ、ゴルネオはそう呟くしかなかった。

ニーナが突然、巨大な剄に包まれた。そして瞬《また》く間に汚染獣《おせんじゅう》を撃滅《げきめつ》した。

わかる事実は、それだけだ。

そして、そこから推測《すいそく》できるものは、ある。

「あれが、廃貴族か？」

グレンダンにいる頃《ころ》、祖父《そふ》がまだ存命《ぞんめい》だった頃、話してくれた。汚染獣によって滅《ほろ》ぼされ、しかしそれでもなお電子精霊が生き残っていた時、それは生まれることがあると。汚染獣への強烈《きようれつ》な復讐心《ふくしゆう》を宿し、都市のエネルギーをそれに注《そそ》ぎ込もうとする狂《くる》った電子精

霊が存在《そんざい》することを。

「あんな力が、実在するのか？」

理不尽《りふじん》だ。そう思った。血を吐《は》くほどの修行《しゅぎょう》になんの意味も見出《みいだ》せなくなるような力だ。電子精霊の狂気《きょうき》へと至《いた》る過程《かてい》を思えば、そんなことは言っていられないとはわかる。数万の人々を失った電子精霊の想《おも》いを考えればぬるいことを言っているとは思う。その程度の想像力《そうぞう》は、ゴルネオにもある。

だが、理不尽という気持ちも消えない。

ニーナにそれが宿り、ゴルネオの下に訪《おとず》れる気配もなかった。その差はなんだと言いたくなる。

ここに、ただ立ち尽《つ》くすしかない己《おのれ》を思えば、そう言いたくもなる。

「……とりあえず、会長の安否《あんぴ》を確《たし》かめるか？　シャーニッド、いるか？」

シャンテに声をかけ、次にシャーニッドを探《さが》した。隊長が去ったのだ。戦うことがあるかどうかはわからないが、部下として置いておいた方がいい。

だが、返事は来なかった。シャーニッドはツェルニでも有数の殺到の使い手だ。ゴルネオとてその気になった彼を見つけ出すのは難《むずか》しい。

「行ったか」

ニーナを追ったのだろう。そう思った。意外に律義《りちぎ》な男だ。そうも、思った。

「……シャンテ？」

横に立つ相棒《あいぼう》の異変《いへん》に気付いたのは、その時だ。

立っていた。彼女にしてはありえないほどに生気のない顔をして立っていた。槍《やり》を取り落としそうなほど脱力《だつりょく》しているように見えたが、そうはならなかった。

どこか、一点を見つめている。

その視線の先を確かめる。だが、ゴルネオの視力が許《ゆる》す限《かぎ》りの範囲《はんい》に異変はなかった。煙《けむり》が幾筋《いくすじ》も細く伸《の》びていた。異変といえば異変だが、目を引く異変でもなかった。そういったものは、他《ほか》にいくらでもある。

「どうした？」

ゴルネオの言葉に、シャンテは答えない。嫌《いや》な予感がした。勁脈疲労《けいみゃくひろう》が来たか？　現実《げんじつ》的な思考での危機《きき》感。倒《たお》れるかもしれないと、シャンテに手を伸ばした。

だが、それよりも早く、シャンテが跳んだ。いきなりのことに反応《はんのう》が遅《おく》れた。相棒は林を飛び越《こ》え、そのままどこかに向かっていく。

「シャンテ！」

呼《よ》びかける。だが答えない。普段《ふだん》のシャンテではない。いきなりの変化にゴルネオはどうしていいか、躊躇《ちゅうちょ》した。廃屋《はいおく》にはカリアンたちがいる。ツェルニの頭脳《ずのう》だ。失うわけにはいかない。

だが、シャンテだ。

「くそっ！」

吠《ほ》え、ゴルネオはシャンテを追った。

その行く先に、深く巨大な影《かげ》としてグレンダンがそびえていることを、ゴルネオは見ないようにしていた。

エピローグ——虚穴都市《きょけつ》——

受け止められた。

不意を打ったつもりだが、完璧《かんぺき》にはいかない。

鎖《くさり》が、簡易型複合錬金鋼《シム・アダマンダイト》に巻《ま》きついていた。鉄球を繋《つな》げているあの鎖だ。巨体《きょたい》が振《ふ》り返ったと同時に鎖が蛇《へび》のように動き、刀に巻き付けられていた。

「あいかわらず、ぬるいガキだ」

迫力《はくりょく》のある目がすぐ側に迫《せま》った。歯を剝《む》き出しにする。息に宿った勁《けい》が熱く顔を撫《な》でた。

「割《わ》り切りがいいかと思えば、寸前《すんぜん》で迷《まよ》う。だからこんなぬるい攻撃《こうげき》しかできん」

鎖を引かれる。腕《うで》が持ち上がった。胴《どう》があく。蹴《け》りが来た。

吹《ふ》き飛ぶ。建物に突《つ》っ込《こ》み、壁《かべ》に穴が空いた。上から瓦礫《がれき》が落ちてくる。

一瞬《いっしゅん》、腹部《ふくぶ》が消失したかと思った。

「そんな体でなにができると思った？　ああ!?」

「……まだ、動ける」

瓦礫を跳《は》ねのけて、レイフォンは立ち上がった。

「勁も走る。武器《ぶき》もある。お前を殺すには、それで十分だ」

「だからガキだ」

ルイメイは吐《は》き捨《す》てた。ただそれだけで空気が震《ふる》える。体から溢《あふ》れ出した勁が地面を崩《くず》し始めている。

これがルイメイだ。カウンティアと同じように、扱《あつか》いの難《むずか》しい天剣授受者《てんけんじゅじゅしゃ》。一度戦いへと身を浸《ひた》せば、感情次第《かんじょうしだい》でいくらでも勁を暴走《ぼうそう》させる。暴走することこそがルイメイの本《ほん》領《りょう》なのだ。だからこそ、都市内戦で使われることはない。いくらでも壊《こわ》れていい外でしか戦えない男のはずだ。

「俺を殺してどうする？　トロイアットも殺すか？　リンテンスも殺すか？　バーメリンも、カルヴァーンもティグリスも、カナリスもリヴァースもカウンティアも。殺してどうする？　殺し尽《つ》くしてどうする？　女王も殺すか？　ここにいるクソどもも殺すか？　それでどうする？　グレンダンも潰《つぶ》すか？　潰してどうする？　先を考えてねぇクソガキが、いつまでぬるくいやがるつもりだ」

「他に何ができる！」

レイフォンは叫《さけ》んだ。見知っている顔。幼《おさな》い時から知っている顔。ルイメイがそこにいる。気に入らない奴《やつ》だった。最初からそうだった。時が経《た》って、その思いはさらに募《つの》った。

ルイメイなら殺せる。本気でそう思っていた。だが、できなかった。そうでなければ、鎖で止められたとしても傷《きず》の一つは刻《きざ》めたはずだ。

天剣の中で心を許《ゆる》せると思ったのはリンテンスとリヴァースだけだった。この二人ならばもっと迷っただろう。リンテンスに対しては殺せるとすら思えなかったに違《ちが》いない。リヴァースならば、殺そうと思う自分の醜《みにく》さに打ちのめされたはずだ。

再《ふたた》び、蹴りが襲《おそ》った。今度は腕を交差して防《ふせ》いだ。だが、無意味だ。再び吹き飛び、建物が一つ、完全に倒壊《とうかい》した。

「お前がいましなけりゃならんことはなんだ？　クソガキ？　俺を殺すことか？　ここに群《むら》がってるクソどもを潰すことか？　迷っててんじゃねぇ、テンパっててんじゃねぇ。やることを見定めろ」

「くっ」

「デルボネ！」

（はいはい）

苦笑《くしょう》気味のデルボネの声がした。レイフォンのすぐそばに端子《たんし》が舞《ま》いおり、映像《えいぞう》を展開《てんかい》する。

ツェルニの全図が簡略《かんりゃく》で映《うつ》し出された。それを埋《う》め尽くすほどの光点の意味をいまさら教えてもらう必要はなかった。デルボネの使う記号は頭ではなく体が覚えている。

全《すべ》てが、汚染獣《おせんじゅう》なのだ。

「……フェリ」

（言ったはずです）

淡々《たんたん》とした声が返ってきた。だが、その声にも疲労《ひろう》が滲《にじ》み出ている。

（汚染獣の襲来《しゅうらい》は告げました。グレンダンとの交渉内容《こうしょうないよう》も。そしてあなたの判断《はんだん》に従《したが》っています）

「しかし……」

もっと、詳《くわ》しく教えてくれていれば……

（やめなさい、レイフォン）

言い募《つの》ろうとしたのをデルボネが止めた。

（あなたはこの娘《むすめ》の才能《さいのう》を認《みと》めている。だから、こんな窮地《きゅうち》でも情報《じょうほう》の収集《しゅうしゅう》をこの子にだけ頼《たよ》ろうとした。あなたの失態《しったい》です。レイフォン）

（わたしは……）

フェリがなにかを言おうとする。しかし、デルボネが口を出させなかった。

（あなたは、情報過多《かた》によってすでに思考力が落ちているのです。才能は素晴《すば》らしいです

が、経験《けいけん》が足りません)

デルボネの言葉に、レイフォンは打たれた。

(そして、それに気付かないあなたではないと思いますが? レイフォン? 天剣となる前には様々な念威繰者《ねんいそうしゃ》の補助《ほじょ》を受けてきています。長期戦も体験しています。剄脈疲労で倒《たお》れる武芸者も、思考力低下で役に立たなくなった念威繰者も見てきています。あなたには気付くことのできる素地《そじ》があった。しかし気付けなかった。この都市にあなたほどの経《けい》験者《けんしゃ》は存在《そんざい》しない。あなたが導《みちび》かなければならなかった。しかしあなたはそうしなかった)

責《せ》められている。この戦いの責任《せきにん》が全て自分にあるのだと、デルボネは責めている。こんなことを言われたのは初めてだ。

「僕《ぼく》は……」

(まずは休ませてあげることが大事でしょう)

(あ……)

フェリの声が途切《とぎ》れた。側にあった彼女の端子が、力を失って地に落ちた。

レイフォンはただ立ち尽くすしかできなかった。何をすればいいのか、わからなくなってしまった。

すでに、ルイメイはいなかった。戦場を求めて移動《いどう》したようだ。

デルボネが彼女に何かをしたのだ。それは、すでにこの都市で老女の目が届かない場所が存在しないことを示している。

（さて、なにか言いたいことがあるのですか？　レイフォン？　無様な言い訳《わけ》を、年老いたわたしならば聞いてくれると思ったのですか？）

「僕は、武芸者《ぶげいしゃ》になりたくてここにきたわけじゃあ……」

（しかしあなたは武芸者として立っている。過酷《かこく》な世界であることは承知《しょうち》の上のはずです。承知できないほどにグレンダンはあなたにとってぬるま湯の戦場でしたか？）

そんなことはない。

（あなたに指揮官《しきかん》の能力《のうりょく》などは望めるはずもありません。そんなものを必要としないのが天剣授受者《てんけんじゅじゅしゃ》の理想形です。しかし、代わりに周囲を気遣《きづか》う余裕《よゆう》はあったはずです。あなたには、強さ以上に誰《だれ》にも負けない経験があった。それを活《い》かしていれば、この都市の武芸者はもっと強くなっていたでしょう）

言いたいことは色々あった。望んでこうなったわけではなかった。レイフォンの使い方を考えたのだって、自分自身でではない。戦い方を決めたのは会長や武芸長だ。そして他の武芸者を見るのは、小隊長たちの仕事ではないか。

だが、言えなかった。デルボネが言っているのは、彼らの経験不足を補《おぎな》ってやれという話なのだ。そういうことができたのに、しなかったことを責めているのだ。学園都市で武芸者として存在《そんざい》している。学ぶものがないのなら教授《きょうじゅ》すべきだと言っているのだ。それが、学園都市の住民の使命ではないのかと。

自分がなにをしたか？　それは自分がよくわかっている。ニーナたちにはサイハーデン流の基礎《きそ》訓練法を教えた。

だが他は？　訓練を望む者たちはたくさんいた。しかしレイフォンはそんな彼らをどこか突《つ》き放《はな》して扱《あつか》っていた。

（あなたが導《みちび》いたのです。この結果を）

デルボネの声はやや硬《かた》い。しかしそれでも、気の良いお婆《ばあ》さんが少しきつい顔をして怒《おこ》っているぐらいのイメージしか浮《う》かばない。

しかし、その言葉は無残にレイフォンの精神《せいしん》を切り裂《さ》く。

（さあ、立ちなさいレイフォン・アルセイフ。あなたは、あなたの愚《おろ》かさゆえの結末を、もう一つ見なければなりません）

「なにを……」

（大事なものが、ここに来ているのでしょう？　あなたにとってその結末は、この都市の

惨状《さんじょう》以上のものでしょう。しかし、受け入れなければなりません）

「なにを言っている？　デルボネ⁉」

叫《さけ》んだ。威嚇《いかく》したと言ってもいい。だが、デルボネには届《とど》かない。

（見届けなさい。そしてどうするか。変わらなければ、あなたはもう終わりです）

蝶型《ちょうがた》の端子《たんし》が離《はな》れていく。レイフォンは立ち上がった。

追いかけようとして、つま先にフェリの端子が触《ふ》れた。

「…………っ！」

端子を拾う。戦闘衣《せんとうい》の物入れにそれを入れると、レイフォンは跳《と》んだ。

気付かなくてはいけなかった。ツェルニでのレイフォンの戦いをもっとも支《ささ》えていたのはフェリだ。彼女の念威《ねんい》がなければ、こんなにも動けなかっただろう。ツェルニが暴走《ぼうそう》した時にも一度倒《たお》れた。今回はあの時ほど長期ではなかったが、扱う情報量《じょうほうりょう》が違《ちが》いすぎる。量だけでなく、種類もだろう。レイフォンのサポートをし、もしかしたら同時にニーナたちのサポートもしていたのかもしれない。そうでなくても、他のこともしていただろう。ツェルニがこんな状態《じょうたい》だったのだから。

そんな彼女のことを考えてやれなかった。

たしかに、レイフォンに非《ひ》がある。戦場からツェルニに帰るだけならば、フェリのサポートはいらなかった。サヴァリスが側にいたのだ。付かず離《はな》れずに追いかければよかっただけの話だ。

たったそれだけでも、休ませてやれることができれば……

「くっ……」

考え出せばどこまでも沈《しず》んでいく。レイフォンは跳躍《ちょうやく》を続けた。デルボネの示《しめ》した地図はすでに頭の中に入っている。無数の光点が収束《しゅうそく》していく場所の見当はすでに付いていた。

A10ゲート。そこだ。

デルボネの言う結末とはなにか。胸《むね》の詰《つ》まるような予感にレイフォンは足に力を入れた。

†

群れの外周でトロイアットが巨人《きょじん》たちを削《けず》る作業をしている。その速度は常人《じょうじん》の武芸者から見れば脅威《きょうい》の技《わざ》なのだが、いかんせん数が多すぎる。デルボネの地図上に存在する光点の数が減《へ》ったようには見えない。

「なにそれ？　ダサウザ」

バーメリンは不景気に呟《つぶや》いた。

彼女の姿《すがた》は、群れの中央にいた。

巨人たちのざわめきがバーメリンを取り囲む。汚染獣《おせんじゅう》たちにとって、その存在《そんざい》は突然《とつぜん》現《あらわ》れたように見えただろう。周囲の巨人たちが武器《ぶき》を振《ふ》り上げる。だが、その時には既《すで》に、その巨人たちは死んでいた。

「臭《くさ》い。キモ死ね」

彼女の両手にはそれぞれ、小さな拳銃《けんじゅう》が握《にぎ》られていた。巨人にはそれぞれ胸《むね》に一発ずつ穴《あな》が開いている。ニーナが弱点と呼《よ》んだ球体のどれにも当たっていない。だが、それでも死んだ。シャーニッドが見出《いだ》したそれよりもより深くをバーメリンの陰鬱《いんうつ》な目は一瞬《いっしゅん》で見てとり、そこに正確《せいかく》な射撃《しゃげき》を行ったのだ。それは、生を一瞬で断《た》ち切る、まさしく巨人の生命線ともいえるべきものだ。

倒れた巨人を踏《ふ》みつけて、他の巨人たちが包囲の輪を縮《ちぢ》めようとする。

「わたしの目は、何者の死も見逃《みのが》さない」

ぼそりと呟き、次の瞬間、バーメリンは舞《ま》った。両手の拳銃が目まぐるしく動き、銃爪《ひきがね》は引かれ続けた。

拳銃に収《おさ》まった弾《たま》は六発。先ほどのも合わせればすぐに切れる。

輪胴《シリンダー》が手首の動きで弾《はじ》き出される。空薬莢《からやっきょう》が弾き出される。腰《こし》に、胸に、腕《うで》に、足に、無数に絡《から》まるように取り付けられた鎖《くさり》の一部が爆《は》ぜるようにして繋《つな》がりが解《と》かれる。宙《ちゅう》に舞う。形を変える。全ての鎖が錬金鋼製《ダイトせい》であり、勁《けい》を通せばそれは弾丸《だんがん》に変化した。

拳銃が閃《ひらめ》く。輪胴に弾が吸《す》い込《こ》まれる。同じく手首の動きで収まる。

再《ふた》び銃爪を引く。

動きに遅滞《ちたい》はなく、それはまさしく、一つの完成した、それでいて無数のアドリブを許《きょ》容《よう》した舞いをなしていた。

舞いは、群れの中に巨大な穴を穿《うが》ったところで、止まった。鎖は一つ失った。

「ウザ、クサ、サム」

自分の言動に慄《おのの》いて、バーメリンは死体の上で体を震《ふる》わせた。

拳銃を握ったまま、バーメリンは自分を抱《だ》く。輪胴は空のまま。巨人たちが穿たれた穴を埋《う》めるかのように動く。

しかし、バーメリンは動かなかった。

次に起こる結果が、わかっていたからだ。

閃きが走った。それを感じることができるのは天剣《てんけん》だけだ。それを避《さ》けることができるのは天剣だけだ。しかし避けきることができるかどうかを試《ため》したいとは思わない。

糸だ。それは無数の、無限《むげん》ではないが、無限に近い数の糸だ。錬金鋼《ダイト》製の糸だ。糸は生き物のように、しかも飢《う》えた獣《けもの》のように踊《おど》り狂《くる》い、獲物《えもの》を求めてさまよい漂《ただよ》う。見つければ漁《あさ》る。屠《ほふ》る。群がり、食らいつき、解体《かいたい》し、並《なら》べたてる。その獣は食欲《しょくよく》を満たしたいわけではない。飢えを癒《いや》したいという意味では変わらない。だが、それは直接《ちょくせつ》的な飢えではない。

強敵《きょうてき》を求めて漁り、猛《たけ》る。

巨人たちはそれに該当《がいとう》するか、否《いな》か。糸はそれを問いかける。自らの身を以《もっ》てその資格《しかく》を問いただされる。否《ひ》であれば死。是《ぜ》であれば死。

答えの如何《いかん》にかかわらず、そこには死しか残らない。

巨人たちは、次々と崩《くず》れる。形を失い、細切れになりながら崩れ落ちていく。

何者も、彼の歩みを止めることはできない。

黒いコートを揺《ゆ》らし、紫煙《しえん》を揺らしながら歩くその姿《すがた》を止めることはできない。近づくことも許《ゆる》されない。

死は広がっていく。それを止めることは誰《だれ》にもできない。敵《てき》と認《みと》められたものに、そうと認められなくとも、彼の足を止めようとするものは等しくその糸の問いの前に晒《さら》される。

彼の足が一歩踏まれ、十の巨人が倒《たお》れる。

彼の足が二歩目を出した時、五十の巨人が地に落ちる。

彼の足が三歩目を刻《きざ》み、百の巨人が崩れ去る。

そうして、彼が歩を刻むごとに巨人たちは倒れていく。その速度はバーメリンよりもトロイアットよりも、そしてルイメイさえも速度で凌《しの》ぐ。

彼がバーメリンの隣《となり》に立った時、そこにはそう簡単《かんたん》には埋《う》められない巨大な空白地帯が生まれていた。

「ここか？」

吸《す》い切った煙草《たばこ》を捨《す》てて、問う。落ちた煙草の火は巨人の肉を焼き、消えた。

「なにそれ？　カッコつけてんの？　ウザ、死ね」

バーメリンの悪罵《あくば》を聞いても、リンテンスは眉《まゆ》一つ動かさない。そもそも、聞いていなかった。彼はコートから新しい煙草を取り出し、火を点《つ》けていた。鋼糸《こうし》が擦《す》りあわされ、火花が散る。その熱が煙草の先に移《うつ》った。

「確保《かくほ》はしてないようだが？」

「わたしは目印。以上」

実際《じっさい》にはシェルターを突《つ》き破《やぶ》るための適当《てきとう》な威力《いりょく》の銃を持ってこなかっただけだろう。天剣を引《ひ》っ張《ぱ》り出《だ》せば、都市に大穴《おおあな》を開けることになる。

「素手《すで》でぶんなぐれ」

「あんたがやれ。乙女《おとめ》にやらせるな」

「乙女という歳《とし》か」

「むか。その髭《ひげ》までチリ毛に変われ。ウザ男。ウザ死ね。煙草臭《くさ》いくせに偉《えら》そうに」

「そういうお前は香水《こうすい》臭い。ドブの臭《にお》いの方がまだマシだ」

バーメリンの先日の仕事のことをあげつらう。彼女の握る拳銃《けんじゅう》が震《ふる》えた。だが動かない。

あの仕事の後から今日まで、匂《にお》いの強い花を浮《う》かせた風呂《ふろ》に浸《つ》かっては体を洗《あら》うを繰《く》り返してきたのだ。

「掃除《そうじ》でもしていろ。なまければ、またドブさらいをやらせるぞ」

「死ね。自分の糸でマリオネット風に死ね」

悪罵《あくば》にリンテンスの唇が動いた。彼の足下《あしもと》が突然崩壊《とつぜんほうかい》する。鋼糸で切り裂《さ》いたのだ。その下に、シェルターの入り口があった。

落下し、着地し、奥《おく》へと進んでいく。

「キモっ！」

姿《すがた》が見えなくなってから、バーメリンは再《ふたた》び体を震わせた。

笑った。

あの不機嫌面《ふきげんづら》しか浮かべたことのない顔面硬直《こうちょく》男、リンテンスが笑ったのだ。気持ち悪いにもほどがある。

リンテンスは奥へと進んだ。遮《さえぎ》るシェルターのゲートやシャッターは全《すべ》て切断《せつだん》して進んだ。人の姿はない。この区画を廃棄《はいき》したのだろう。迅速《じんそく》な判断《はんだん》だ。そして整然と移動した様子さえ感じられる。この程度《ていど》はできるらしい。ほんのわずかにだが、学生たちを評価《ひょうか》した。生まれ故郷《こきょう》の都市は平和すぎた。平和すぎて無様だった。こんな整然とした退避《たいひ》すらできなかったかもしれない。

学生ばかりの都市としては、避難《ひなん》行動が遅滞《ちたい》なくできるということは不運なことでもあるだろう。

しばらく歩くと、その姿があった。

「リンテンス様？」

レイフォンの幼《おさな》なじみが怪訝《けげん》な様子でこちらを見ている。

一人だ。他に誰《だれ》の姿もない。

なぜ、こんなところにいるのか？　リンテンスは訝《いぶか》しく思った。これではまるで、ここに迎《むか》えが来ることを知っていたかのようではないか。

「知っていたのか？」

「どうしてここに？」

質問《しつもん》の言葉は、同時に出た。二人してまた沈黙《ちんもく》してしまった。

「お前を迎えにきた」

そう告げた時の表情《ひょうじょう》の変化を、リンテンスは見逃《みのが》さなかった。

「どうした？」

思わず尋《たず》ねてしまった。

「え？」

「いや」

微《かす》かに首を振《ふ》る。

リンテンスの言葉を聞いて、リーリンの表情が複雑《ふくざつ》に動いたのだ。戸惑《とまど》いとともに、どこか脱力《だつりょく》したような雰囲気《ふんいき》もあった。

まるで、ほっとしたかのような顔をした。

「グレンダンが、来ているんですか？」

「ああ」

リーリンの質問に頷《うなず》く。彼女は肩《かた》を大きく動かしてため息を吐《つ》いた。

「ばかみたい。放浪《ほうろう》バスに乗って、しんどい思いをしたのに」

「旅なんてそんなものだ。ほとんどが無駄《むだ》に終わる。どこにだって人の生活がある。根源《こんげん》は変わらん」

人は生きる。そして生きていたいから安全を求める。そして人を生かすために、都市も安全を求める。都市が動くとは、そういうことなのだ。

グレンダンが異常《いじょう》なだけだ。

そして動きまわるからこそ、放浪バスが活《い》きる。しかし、すぐ近くにある都市にでさえ、とんでもない遠回りをさせられることもある。リンテンスの旅の途中《とちゅう》では二つの都市が戦争をしたことがあった。滞在《たいざい》していた都市とぶつかったのは、三つほど前に立ち寄《よ》った都市だった。そういうことが、よくあった。別の都市に向かおうとしたら、その前に立ち寄った都市で再び足止めを食ったこともある。

リーリンが意外な顔をしてこちらを見た。饒舌《じょうぜつ》だったかと、リンテンスは煙草《たばこ》を吸った。

「持っていくものがないのならこのまま連れていく。あるか？」

その言葉に、リーリンは少し考えた。そして首を振った。レイフォンにもう一度と言うかと思ったが、そんなこともなかった。

違和感《いわ》が付きまとう。

だが、振りはらう。どうでもいいと思った。戦いが起きる。満足できると、あの女王が請《う》け負ったのだ。ならば、この程度の使い番のような任務《にんむ》も受けてもいいと思える。

「行くぞ」

「はい」

リーリンが頷《うなず》く。リンテンスは振り返り、元来た道へと戻《もど》ろうとした。

そして足を止めた。

「やっぱだめーっ！」

叫《さけ》び声とともに、それはリンテンスの横を突《つ》き抜《ぬ》けていった。背後《はいご》で悲鳴が上がる。

「なっ、なっ、なっ………」

すり抜けた瞬間《しゅんかん》に誰《だれ》だかわかった。リンテンスはため息の代わりに紫煙《しえん》を吐《は》き出し、もう一度振り返った。

「なんのためにおれが来た？」

「考えたのよ。あの後、すっごい考えたのよ。そしたら気付いたの。すごい事実に気付いたのよ」

リーリンが倒《たお》れている。その彼女に背《せ》の高い女が腕《うで》をからめている。胸《むね》に顔をうずめて、まるで赤子か小動物をかわいがるかのように頬擦《ほおず》りしている。

アルシェイラだ。

「なんだ？」

「このままだと、あんたが、わたしのリーリンをお姫様《ひめさま》だっこするという驚愕《きょうがく》の事実によ！　許《ゆる》される？　そんなこと？」

「…………」

「あんたのむっつりな手がリーリンの肩《かた》とか背中《せなか》とかなら許せないけど許すとして、お、お、お尻《しり》とかに当たったらとか、触《さわ》ったらとか、撫《な》でまわしたりとか、そのうちたまんなくなってお持ち帰りとか考え出したらとか思うと、もう、もう、もう！」

「知るか」

吐《は》き捨《す》てた。ばかばかしくて相手にもしたくない。

「なっ、なっ、なっ………」

リーリンは驚《おどろ》きで声が出せないようだ。口をパクパクとさせ、アルシェイラの顔を見つめている。

「し、シ……シノーラ先輩《せんぱい》？　どうしてここに？」

「リーリンをたすけ出すために」

まじめにこんなことを言う。バーメリンではないが寒さに体が震《ふる》えた。

「怖《こわ》かったでしょう？　ろくな奴《やつ》がいないもんね。でも大丈夫《だいじょうぶ》、もうグレンダンに帰れるから」

アルシェイラ……リーリンはシノーラと呼《よ》んでいた。外で遊ぶときの偽名《ぎめい》だろう。女王の話など真面目《まじめ》な部分が一割《わり》あればいい方だ。聞く価値《かち》などほとんどないと、リンテンスは最初から右から左に流している。偽名のことまで覚えているはずがなかった。

「それにしても、どうして……いえ、どうやってここに？」

リーリンが苦労してアルシェイラの腕から抜《ぬ》け出し、立ち上がる。

アルシェイラの表情《ひょうじょう》が、とたんに険《けわ》しいものに変わった。だが、リーリンの方はどこか白けている。アルシェイラの性格《せいかく》に慣《な》れているのだろう。かわいそうなことだと、わずかに同情した。それはつまり、人生に益《えき》のない無駄《むだ》な苦労を費やしたということだ。

「実は、リーリンに隠《かく》していたことがあるの」

「はぁ、そうですか」

「実はわたし、女王だったの！」

胸に手を当て、アルシェイラは申し訳《わけ》なさそうな顔をした。

「へぇ……………」

だが、リーリンの返答は淡白《たんぱく》なものだった。

「信じてないの？」

「は、はぁ……」

「いえ。そうですね。それならサヴァリスさ……様がわたしの護衛《ごえい》みたいなことをしてくれたことも説明付きますし」

「気付いてたの？」

「いえ。でも、なんだか、シノーラ先輩ならそういうこともありかな、みたいな？」

リーリンはとことん、アルシェイラの期待した反応《はんのう》を裏切《うらぎ》った。もっと驚き、混乱《こんらん》し、そしてさらに驚いてほしかったのだろう。普通《ふつう》の者ならそうなるか、信じなかったに違《ちが》いない。だが、天剣《てんけん》とわかっている者を連れてそれを名乗り、嘘《うそ》だと思える者が、少なくともグレンダンにいるはずがない。

リーリンが嘘だと思っている様子はない。

ただ、アルシェイラの期待を裏切ったというだけだ。

「くくっ……」

勝手に、喉《のど》が震《ふる》えた。抑《おさ》えたのだが勝手に口を割《わ》って出てくる。出てくるものは止められない。

「そこ、笑うな」

アルシェイラが睨《にら》む。だが、それでも止まらなかった。

「なんでもいい。とっとと出るぞ。そろそろ顔を真っ赤にした猿《さる》がやってくる」

笑いながら言った。アルシェイラはどこか気落ちしていた。

「猿の顔はもともと赤いのよ。ついでに尻《しり》も」

リーリンはこの会話の意味がわからなかったようだ。歩き出したリンテンスの後を、首を傾《かし》げながら付いてくる。アルシェイラはしきりにリーリンをだっこしたがったが、彼女はそれを固辞した。

通路を抜《ぬ》け、鋼糸《こうし》で切《き》り裂《さ》いたシャッターを、ゲートを抜ける。

外に出た。

「ここは高いから、リーリンには無理よねぇ」

本来なら道の部分が下《くだ》り、坂になるように設計《せっけい》されてある。だが、リンテンスが鋼糸で切ったために、身長の二倍ほどの高さの穴《あな》に変じていた。

戦いの音はない。バーメリンにトロイアットにルイメイ、三人いるのだ。そろそろ掃討《そうとう》できていなければ、無能《むのう》が過《す》ぎる。

「リンテンス様にお願いするっていうこともできますよ」

アルシェイラの猫《ねこ》なで声《ごえ》をリーリンは受け流す。

「なに言ってるの？　リーリンは女の子なのよ。もっと自分を大切にしないと！　こいつ、ムッツリーニな上に超不潔《ちょうふけつ》なのよ。頭とかバリバリするとふけが一杯《いっぱい》出てくるんだよ」

「いや、それは嘘でしょう」

「それにそれに、服だって毎日洗《あら》ってないし」

「あーそれは本当かも」

「でしょう？　だったらやっぱりわたし」

「でも、女王陛下《へいか》にだっこしていただくのって、やっぱり畏《おそ》れおおいし……」

「おおくない。ぜんぜんおおくない」

「でも……」

「こいつ護衛、ボディガード、親衛隊《しんえいたい》！　手はあけてないとだめなのー」

「ここにいる連中ごとき、腕《うで》がふさがっていても関係ないがな」

「あんたは黙《だま》ってなさい！」

目を血走らせてアルシェイラが睨む。そんな顔をしているから話が進まんのだと、わざわざ言ってやる気はなかった。

「もう、しかたないなぁ」

ため息とともにリーリンが了承《りようしよう》した。アルシェイラが手を叩《たた》いて喜ぶ。女王の威厳《いげん》などあったものではない。

……初めから、存在《そんざい》していないのかもしれないが。

しかしこの娘《むすめ》、この事態《じたい》を平然と受け止めている。

気にしないようにと思ったが、やはり気になった。

だが、それ以上気にする前に、猿が来た。

「きゃっ！」

悲鳴はリーリンのものだ。

光がリンテンスたちの側面を覆《おお》った。だがそれだけだ。衝撃《しょうげき》は届《とど》かない。全《すべ》て、リンテンスの鋼糸が防《ふせ》いでいる。

「リーリンを放せ！」

レイフォンが叫《さけ》んでいる。空中で止まっているように見えるが、それはいまだレイフォンの突進《とっしん》の勢《いきお》いが死んでいないからだ。刀が宙《ちゅう》に止まっているように見えるのは、そこに鋼糸の網《あみ》が張《は》られているからだ。そして、蜘蛛《くも》の巣のように放射状《ほうしゃじょう》に張られた鋼糸が、刀身からの剄《けい》や衝撃を、全て他へ散らしている。

新しい煙草《たばこ》に火を付ける。銜《くわ》えていたものを落としてしまうぐらいには速度も威力もあった。

「ぬるい。他の奴《やつ》らに言われなかったか？」

リンテンスは淡々《たんたん》と、かつて鋼糸を伝えた少年に告げた。レイフォンは歯噛《はが》みした。そして、リーリンを抱《だ》いているのが誰《だれ》かを知って、愕然《がくぜん》とした表情をした。

「陛下……」

「はぁい、坊《ぼう》や」

アルシェイラがにやりと笑う。一瞬《いっしゅん》、レイフォンの顔に絶望《ぜつぼう》が走った。

「悪いけど、リーリンはちょうだいね」

「ふざけるな！」

「あら、リーリンは旅をしたの。グレンダンに帰ってくるのは当然でしょ？」

「勝手な」

「勝手を言ってるのはどっちなのかしらねー」

アルシェイラの言葉で、レイフォンがリーリンを見た。

「リーリン、こっちへ来るんだ！」

「レイフォン……」

だが、リーリンは彼から目をそらした。

「リーリン！」

「女王陛下の命令には、逆《さか》らえないよ」

その声はか細い。

「リーリン！」

「わたしは！　……グレンダンに帰るの。いつか、絶対《ぜったい》そうなるはずだった。それが今日になった。それだけのこと。レイフォン、そう思って」

突進《とっしん》の勢いが死んだ。レイフォンは地に立つ。刀は構《かま》えたままだ。そういえば、刀を持つようになったのだなと、リンテンスは思った。

「……リーリンになにをした？」

「失礼ね。わたしがリーリンになにをするっていうの？　これでも、グレンダンではわたしの可愛《かわい》い後輩《こうはい》なんだから」

レイフォンの表情は動かなかった。女王の性格《せいかく》は理解《りかい》している。先輩と後輩。本当にそういうことになっていてもおかしくない。そして事実、それをやっていた。

なんのためにという問いすらも無意味だと、すぐに気付いたに違《ちが》いない。

「リーリンは帰るって言ってるの。道を開けてくれるわよね、レイフォン？」

「………………」

言い返さない。だが、無念が胸《むね》で燃《も》えている。そんな顔だ。リーリンに執着《しゅうちゃく》している顔でもある。

視線《しせん》が動く。だが、求めようとしたリーリンの目はそらされたままだった。

こちらに救いを求めない。それは正しい。リンテンスとレイフォンの間に、師弟《してい》の情は存在《そんざい》しない。存在したとしても、それは非情《ひじょう》のものだった。

なにもできることは存在しない。天剣《てんけん》もなく、体も傷《きず》だらけだ。剄の走りも本調子ではない。目の前にいるのはリンテンスと女王だ。レイフォンに勝てる要素《ようそ》はなにひとつとして存在しない。

「レイフォン、お願い」

リーリンが懇願《こんがん》する。

それで、レイフォンは折れた。緊張《きんちょう》が失われたのが、剄を見ていればわかる。

「じゃ、ね。わりと普通《ふつう》に生きればいいと思うわよ」

アルシェイラの投げかけた言葉に、やはり意味はない。

錆《さ》びるか。リンテンスは思った。レイフォンはこれで錆びる。グレンダンを出る時にも思った。リンテンスは自らの技《わざ》が錆びるのを嫌《きら》い、生まれ故郷《こきょう》を出た。レイフォンは自ら錆びるために出て行った。そういう流れとなっていた。そしてこれから、その本流に戻《もど》ることだろう。

わずかに、惜《お》しくはあった。だが、拾い上げようとも思わなかった。自ら立てない者に、用はない。

進む。もはや眼前《がんぜん》は無人の野だ。グレンダンまで遮《さえぎ》る者は誰《だれ》もいない。汚染獣《おせんじゅう》も武芸者《ぶげいしゃ》も。

気配が動いたのは、すぐにだった。立ち上がる。剄が走る。感じたときには鋼糸《こうし》が動く。切り抜《ぬ》けた。迫《せま》る。襲《おそ》いかかる刃《やいば》に、しかし女王は振《ふ》り返らない。鋼糸の網《あみ》がそれを受けた。衝撃《しょうげき》が散る。剄《けい》の光が花開く。

「諦《あきら》めたと思ったが」

「ふざけるな」

鋼糸の向こうにレイフォンの険《けわ》しい顔がある。

「レイフォン！」

女王は振り返らない。その肩越《かたご》しにリーリンが叫《さけ》ぶ。

「お願いだから」

「いやだ！」

理屈《りくつ》のない感情優先《ゆうせん》の言葉。リーリンの表情が変化するのを、リンテンスは視界《しかい》の横で確《たし》かめつつ、レイフォンの前に立った。

「無様を晒《さら》すな。切り刻《きざ》みたくなる」

「無様？　無様ってなんだ。どっちが無様だ！　このまま、なにもせずにいて、それで無様じゃないのか。いいや、どっちだっていいんだ。どんなに無様だって、僕《ぼく》は……」

視線での訴《うった》えかけ。背後《はいご》のリーリンはどんな表情を浮《う》かべたのか。

「グレンダンのもの、そのなに一つとして、もはやお前のものではない」

意味のない言葉だと、リンテンスにはわかっている。人の感情が道理のままに動くはずがない。その通りになるのであれば、リンテンス自身、自らの技量《ぎりょう》が錆びることなど気にかけることなく、生まれ故郷を守り続けただろう。

「………」

思った通り、レイフォンの目には怒《いか》りしかなかった。

「そうか、ならば」

もはや、説得に意味はない。そう思って、自らの甘《あま》さに気付く。

「力で、押《お》し通れ」

その甘さを口の中で溶《と》かし消し、リンテンスは動いた。動かぬままに動いた。鋼糸がざわめく。レイフォンの刀が閃《ひらめ》く。

衝突《しょうとつ》した。

腕《うで》の中のリーリンを見る。

とても、複雑《ふくざつ》な表情《ひょうじょう》をしていた。

「気になる？」

「え？」

すぐそばでは騒音《そうおん》が撒《ま》き散《ち》らされている。騒音。常人《じょうじん》ならばそんな程度《ていど》では済《す》まない戦《せん》闘《とう》音だが、アルシェイラにはそんなものだ。戦闘の余波《よは》そのものも、リンテンスの鋼糸が防《ふせ》いでいる。リーリンが毛ほどの傷《きず》を負うこともないだろう。そんなことはアルシェイラが許《ゆる》さない。

「ちょっと、びっくりしちゃったからねぇ。リーリンがすぐに帰るって言ってくれるって思わなかったから」

目の前の戦闘は、アルシェイラにとっては目に見えるものだ。だが、リーリンにとってはそうではない。動かないリンテンスはともかくとして、その周囲で動き回るレイフォンの姿《すがた》を追うことはできていないだろう。

閉《と》じられたままのリーリンの右目、それはそのためにあるものではない。

「……戻《もど》らないといけないって、思ったから」

戦闘は気になる。だが、見ることができない。不安をこらえるように手が握りしめられている。その様子を見ながら、リーリンの次の言葉を待つ。

「グレンダンにいるんでしょう？　サヤは？」

胸《むね》を突《つ》く。その言葉が彼女の口から出る日が来ようとは。いや、わかっていた。わかっていたのだが、できればそれは永遠《えいえん》に来なければと思っていた。が、やはり、そうはいかなかった。

「そうよ」

アルシェイラは頷《うなず》いた。

「グレンダンの奥《おく》の奥、秘《ひ》密《みつ》の場所で眠《ねむ》っているわ。誰《だれ》も、わたしでさえもそこには入ったことがないその場所で眠り、ずっと待っている」

なにを？　なにかを、だ。その過《か》程《てい》で戦いがあることだけを、アルシェイラは知っている。この世界を破《は》壊《かい》しようとする意思が存《そん》在《ざい》することを知っている。

「いつから？」

「ずっと……ずっと昔から、この世界の始まりから」

「気の遠くなる話ですね」

そう言って、リーリンはまた戦いを見た。見えているはずがなくとも、目を離《はな》すことができないらしい。

「レイフォンは……それに関《かか》わらなくてもいいんですよね？　もう、グレンダンの人じゃないんだから」

リーリンが素直《すなお》に戻ろうとしている理由はそこにあったのか。

「まぁ、ね」

その通りだ。なにより、グレンダンの人間であっても天剣《てんけん》でない者に用はない。天剣を使わなければ実力を十全に発揮《はっき》できないような、そんな武芸者《ぶげいしゃ》をこそ、アルシェイラは必要としているのだ。

レイフォンはそれに当たる。肉体的運動能力《のうりょく》、技量《ぎりょう》の奥深さは他の天剣たちに劣《おと》るが、剄の瞬間《しゅんかん》発生量、回復《かいふく》速度、持続力等、こと剄脈に関する機能的能力は、おそらく天剣でも屈指《くっし》のものだ。一度、健康診断《しんだん》と称《しょう》して体を調べさせてみたが、剄脈拡張《かくちょう》という希有《けう》な成長を幼児期《ようじき》に何度も体験している節がある。

そして、その莫大《ばくだい》な剄を操《あやつ》る意思力を持っていた。いまはどうだろう？　リンテンスに「ぬるい」と言われたあの意思で、彼は自らの剄を操りきることができるのだろうか？

（ああ、もしかして）

リンテンスはそれを試《ため》してみたいのかもしれない。

なぜなら、アルシェイラの目には、リンテンスが遊んでいるようにしか見えないからだ。

そんなことをするような人間ではないのに。

だとすれば、リンテンスは……

そう考えて、アルシェイラはまたリーリンを見た。

不安そうに戦いを見守る彼女を、見た。

†

逃《に》げ場はどこにもない。

重圧《じゅうあつ》となって襲《おそ》うその事実を、レイフォンは簡易型複合錬金鋼《シム・アダマンダイト》を振《ふ》るってはね除《の》けようとする。取り囲む鋼糸は、描《えが》かれた斬線《ざんせん》を、まるで風を受けた蜘蛛《くも》の糸のようにしならせて避《よ》ける。

かといってリンテンス本人に衝剄《しょうけい》を飛ばせば、一転して鋼糸は複雑に絡《から》み合《あ》い、組み合わさり、強固な防御陣《ぼうぎょじん》を形成してその行く手を阻《はば》む。

リンテンスはその場から動きもしない。短くなった煙草《たばこ》を眺《なが》め、それを銜《くわ》える。先端《せんたん》の火種が赤く燃《も》える。紫煙《しえん》を吐《は》き出す。ただの喫煙者《きつえんしゃ》の行動。

その最中でも、鋼糸は容赦《ようしゃ》なく襲《おそ》いかかる。刀を振るだけでは追いつかない。レイフォンはひたすら動き続ける。逃げ回る以外にやれることがない。

(どうする?)

戦いながら……戦いにすらなれていないが、レイフォンは必死に考えた。青石錬金鋼《サファイアダイト》があれば……戦いにすらなれていないが、

戦いながら……考えて、否定《ひてい》した。下手に鋼糸に頼《たよ》れば、あっというまに蹂躙《じゅうりん》されることだろう。生半可《なまはんか》な技術《ぎじゅつ》など、本家の前では刀だけで戦うよりも隙《すき》だらけになってしまうに違《ちが》いない。

リンテンスには鋼糸の技術を教えてもらった。その戦いを間近で見たこともある。だが、正面から相対したのはこれが初めてだ。

とんでもない相手だ。レイフォンは思った。使っているのが天剣だったとしても、レイフォンは手も足も出ないのではないのかと考えてしまう。

なにより、手を抜かれている。それがはっきりとわかる。なのにレイフォンは手も足も出ない。

(どうする?　どうする?)

いくら考えても、鋼糸の包囲網《ほういもう》を抜け出す方法が思いつかない。

「どうした?　なにもしないのか?」

吸いきった煙草を足で踏《ふ》みつぶしながら、リンテンスが訊《たず》ねてくる。

「ならばこれは無駄《むだ》な時間だ。これ以上つきあう必要もない」

背骨《せぼね》を締《し》め付《つ》けられるような緊張《きんちょう》感に、レイフォンの体が気持ちとは関係なく震《ふる》える。

リンテンスがとどめを刺《さ》しに来るという恐怖《きょうふ》。同時に、リーリンの存在《そんざい》が遠くなる予感。

レイフォンは前に出た。鋼糸が行く手を阻《はば》む。簡易型複合錬金鋼《シム・アダマンダイト》の、夜色の刀身が阻むものを断《た》ち割《わ》ろうとする。鋼糸は避ける。避けて、回り込んで襲おうとする。それを避ける。前進しつつ避ける。肌《はだ》に触《ふ》れるか触れないか、ギリギリの距離《きょり》で見切る。見切っても、鋼糸にまとった剄がレイフォンを襲《おそ》う。剄を全身に張《は》り巡《めぐ》らせ、それに対抗《たいこう》する。それでも傷《きず》つく。全身が、あっというまに擦《す》り傷のような痛《いた》みに包まれた。

それでも、踏み込む。一歩。ほんの少しずつでもいい、確実《かくじつ》な一歩を刻《きざ》んでリンテンスとの距離を縮《ちぢ》める。

「…………」

そんなレイフォンを、リンテンスは見ている。

その手が、コートの中から新しい煙草を取り出した。

「いいだろう。この一本だ。吸いきるまで、百八十秒。お前の限界《げんかい》時間だ」

銜えた煙草に火が点《とも》る。定められた刻限《こくげん》が、見る間に減《へ》っていくのを目の当《ま》たりにする。

踏み出す。焦《あせ》る。見切りが甘《あま》くなる。鋼糸の一本が肩《かた》の肉を削《そ》いでいく。激痛《げきつう》と熱。血が飛び出す感触《かんしょく》。かまわず、前へ。

刀を振《ふ》り、足を前に出す。動きは最小限に、最低限に。眼前《がんぜん》を、周囲を、めくるめく行き交い、包囲し、襲いかかる鋼糸を刀で払《はら》う。避ける。前へと踏み込む。刀を振るう、避ける、前へと進む。

だが、それは遅々《ちち》とした距離だった。進んだ位置を必死に守りながら、次の一歩を半ば強引《ごういん》に刻《きざ》む。その時間のなんと無駄なことかと思う。焦る。焦る。間に合わない。百八十秒。どれだけ過《す》ぎた？　あと、どれだけ残っている？　煙草は……？　見る暇《ひま》もない。鋼糸が隙をうかがっている。リンテンスの手は、相変わらず抜かれている。だがそれでも、気を抜けば死ぬ。必ず死ぬ。この程度《ていど》もさばけない者に用はないと、殺す。リンテンスはそういう男だ。

無限の鋼糸。最大になれば億にも届《とど》くだろう鋼糸の群《む》れ。いまここにあるのは何本だ？　二百、三百……そんなところか？　つまり、彼の実力の何割だ？　何パーセントだ？　数に意味はないのかもしれない。だが、レイフォンとリンテンスの間にある距離を明確《めいかく》に表しているようにも思える。レイフォンを瞬殺したければ、あと三百も増《ふ》やせば事足りる。

そういう事実がここにあるのではないか？

気持ちが混濁《こんだく》する。リンテンスが遠い、その背後にいるアルシェイラも遥《はる》か彼方《かなた》だ。その腕《うで》に抱《だ》かれたリーリンに辿《たど》り着くには、どれだけの距離が必要なのか？

体は動いている。刀は振られている。握《にぎ》っている。だが、動きが鈍《にぶ》くなっていく。全身に痛《いた》みが走る。避けきれなくなっている。鋼糸の動きはもはや目だけで追うことは不可能《ふかのう》だ。全身の感覚を研《と》ぎ澄《す》まさなくてはいけない。だが、レイフォンの思いとは別に、体は重くなっていく。感覚が鈍っているように思える。

老生体、サヴァリス、そしていま、リンテンス。あり得ない戦いが連続している。レイフォンの体力は、まさに尽《つ》き欠けようとしているのではないか。

剄を、剄をもっと走らせなければ。錬金鋼《ダイト》には無理でも、体には。内力系活剄をもっと走らせろ。体を起こせ、神経《しんけい》を目覚めさせろ。眠《ねむ》るにはまだ早い。諦めるにはまだ早い。

走れ、走れ、走れ！

「あああああああああああああああっ!!」

叫《さけ》ぶ。剄脈が熱い。燃《も》えるようだ。本当に燃えているのかもしれない。かまうものか。燃え尽きることができるのならば、そうしてみせてみろ。

視界《しかい》が光る。いや、レイフォンが光っているのだ。体に回りきらない剄が、全身から漏《も》れているのだ。自動的に衝剄に転じているのだ。

それらの剄が綱糸を押《お》し返す。足下《あしもと》の地面を破砕《はさい》する。空気を轟《とどろ》かせる。全身が爆発《ばくはつ》しそうなほどに痛い。かまうものか。飛び込め。そして突《つ》き抜《ぬ》けろ。リンテンスを、そしてそれを超《こ》えて女王を。そうでなければ届《とど》くものか。

跳《と》ぶ。綱糸を一斉《いっせい》に弾《はじ》き返して、跳ぶ。隙《すき》はその一瞬《いっしゅん》。好機はその刹那《せつな》にしか存在《そんざい》しない。リンテンスの横を抜け、女王へ。コートが視界《しかい》の端《はし》をかすめ、こちらに背《せ》を向けたままの女王の黒い髪《かみ》が近づく。近づいていける。もっと剄を走らせろ、限界など存在しないがごとくに。全《すべ》てを焼き付くさんがごとくに。簡易型複合錬金鋼《シム・アダマンダイト》の、刀身の色が変化する。夜色が、濁《にご》った血の色のように変わる。赤熱化している。活剄に回しているというのに、錬金鋼《ダイト》には注いでいないというのに、余剰《よじょう》として解《と》き放《はな》たれている剄の影響《えいきょう》を受けて過負荷《かふか》が生じている。

一撃《いちげき》。それしか許《ゆる》されていない。一撃。それだけあれば十分だ。女王と戦うのに、それ以上が許されるはずもない。

リーリンと目が合う。いや、彼女はこちらの変化についていけていない。レイフォンが見えているとは考えられない。だから、レイフォンが彼女の目を見た。どこか呆然《ぼうぜん》とした様子のその瞳《ひとみ》を、吸《す》い込《こ》まれるような気分で見つめた。取り返す。そう望む。その望みを果たす。

だが、その望みは、誰《だれ》のためのものだ？

迷《まよ》いに、問いに、答えを出す暇《ひま》はない。刹那は刹那。思考にとって、刹那は答えを出すには短すぎる。刀を振るう。簡易型複合錬金鋼《シム・アダマンダイト》が振られる。赤い斬影《ざんえい》が走る。女王に迫《せま》る。その首に迫る。首を断《た》ち、女王を殺し、取り返す。

いまはただ、それだけを………

行えなかった。

視覚《しかく》よりも腕《うで》に伝わるその感触《かんしょく》の方が早かった。腕が空《むな》しく振られた。あまりにも軽い感触は、腕の延長《えんちょう》のように伸《の》びていた刀身が消失したためだ。剄の過負荷によって爆発したわけではない。それよりも前に四散した。無数の破片《はへん》となって消え去った。綱糸によって切り裂《さ》かれたのだ。

レイフォンの体が女王の隣《となり》を行き過《す》ぎる。空中で体勢《たいせい》を変えて着地する。勢《いきお》いが体を滑《すべ》らせる。内力系活剄で強化された肉体でさえ、その勢いを殺しきれない。滑る。滑る。戦いの構《かま》えを取ることもおぼつかない。そんな、あまりにも惨《みじ》めな隙を綱糸は見逃《みのが》さない。見逃してはくれない。胸《むね》に圧力《あつりょく》。綱糸の束がそこにあった。

繰弦曲《そうげんきょく》・跳《は》ね虫。

本来なら汚染獣《おせんじゅう》の体内に深く食い込《こ》んで放たれる技《わざ》。レイフォンは勢いへの抵抗《ていこう》を放棄《ほうき》し、むしろそれを助長するかのように後ろに跳《と》んだ。

鋼糸の束が弾け、乱《みだ》れ、暴《あば》れる。

全身に痛《いた》みが走る。致死《ちし》の領域《りょういき》から逃れることには成功した。だが、体中に傷《きず》が生まれ、そこから血があふれた。額《ひたい》が割れて、視界《しかい》を血が染《そ》めた。鋼糸が四肢《しし》の奥《おく》深くに食らいつく。その牙《きば》が暴れ出す前にさらに跳躍《ちょうやく》。体から抜ける。だが、鋼糸に込められた剄はレイフォンの肉体内部に深い衝撃《しょうげき》を与《あた》え、体が動かない。

立ち上がろうとする。立ち上がれない。

刀身を失った錬金鋼《ダイト》が悲しいほどに軽い。

いまにも尻をついて座《すわ》り込もうとしてしまう体にあらがう。剄はまだ走っている。だが、肉体の損傷《そんしょう》は、即座《そくざ》に回復《かいふく》できるものではなかった。

それでも、立ち上がらなければ。ここで負けてはならない。心が折れてはならない。

ここで、諦《あきら》めたら……

「百八十秒。終わりだ」

煙草《たばこ》を踏《ふ》み消し、リンテンスが呟《つぶや》いた。

その瞬間《しゅんかん》、レイフォンの全身に痺《しび》れが走った。気付かなかった。いつの間にか触覚《しょっかく》や痛《つう》覚《かく》を無視《むし》して、一本の鋼糸がレイフォンの肉体内部に侵入《しんにゅう》していたことを。そこから放たれた衝到がレイフォンの意識《いしき》を寸断《すんだん》したことを。

手を抜かれていることはわかっていた。だが、それ以前の段階《だんかい》で、彼はすでに、こちらの生殺与奪《せいさつよだつ》の権利《けんり》を握《にぎ》っていたのだ。

わけもわからぬまま、レイフォンは気を失った。

失う瞬間、レイフォンはなにかを見た。

それは、青い光をまとった、ニーナのように思えた。

†

「レイフォン!?」

倒《たお》れるレイフォンをその目で見た。信じられない光景のように思えた。あのレイフォンが倒れる。そんなことがあっていいのか？　だが、事実としてレイフォンは倒れている。

彼の眼前《がんぜん》には二人の男女。そして女性《じょせい》の方に抱《だ》かれているのは、リーリン？

「貴様《きさま》ら、何者だ？」

レイフォンの様子を確《たし》かめたい。だが、その余裕《よゆう》があるとは思えなかった。レイフォンの前に立ち、二人の男女に相対する。

女性の方、とても豪奢《ごうしゃ》な顔立ちが含《ふく》みのある笑《え》みを浮《う》かべた。

「リン、これが廃貴族《はいきぞく》」

「知っている。見たことがあるからな」

「へぇ、さすが、旅の経験《けいけん》があると違《ちが》うね」

男女の会話に、ニーナは背筋《せすじ》が冷たくなった。ニーナの正体を一瞬で見極《みきわ》められた。

「お前たちは、なんだ？」

「グレンダンの偉《えら》い人と、その小間使い」

女が冗談《じょうだん》交じりにそう言った。

「だめ、ニーナ、逃《に》げて！」

リーリンが叫《さけ》ぶ。

「この人たちは、女王陛下《へいか》と天剣授受者《てんけんじゅじゅしゃ》だから。無理だから、逃げて！」

彼女の言葉にニーナは目を見張《みは》った。女王。この女性がそうなのか。レイフォンたち天剣授受者を力で支配《しはい》する絶対者《ぜったいしゃ》。そして、この男がかつてのレイフォンと同じ、天剣授受者。

「……リーリンをどうする気だ？」

「うちの大事な都市民を保護《ほご》して、なにが悪いっていうの？」

気負う様子もない。その声はやはりふざけているように思える。一つの都市の支配者とは、とても思えない。

「悪いけど、君も来てくれるとありがたいかな？　君が見たいと思ってるもの、見せてあげられると思うけど？」

「なんだと……？」

「この世界とか、廃貴族とか、電子精霊《せいれい》とか、そういった謎《なぞ》。あんなのに巻《ま》き込まれてるんだから、気になってるんじゃないの？」

「あんなの……？」

女王の視線が、ニーナからそれた。思わず、追いかけた。振《ふ》り返ってしまうことになるが、それでもそうした。

そこに、いた。

場所は、遠い。だが、はっきりと見ることができた。ツェルニとグレンダンの接触《せっしょく》点近く、二つの都市の足が絡《から》み合《あ》うようにして重なるその場所、エアフィルターの噴出口《ふんしゅつこう》にそれは立っていた。

「ディック……先輩《せんぱい》？」

その、はずだ。

だが、なんだろう。なにかが違《ちが》う気がする。巨大《きょだい》な鉄鞭《てつべん》を下げ、こちらを窺《うかが》うようにしている。その体からはニーナと同じように青い剄があふれ出している。

違うのは、顔につけた仮面《かめん》。あれは、狼面衆《ろうめんしゅう》と同じものか。しかし、狼面衆とは違うような気がする。あの姿《すがた》を見たことがある気がする。

「あーあ、見ちゃった」

女王がそんなことを呟《つぶや》いている。

「これでもう、逃げられないわね」

それは、ニーナに向けたものには聞こえなかった。どちらかといえば、自分に向けた言葉か。

「なんだ？　逃げる気だったのか？」

「定められたものからは逃げたくなるじゃない。それが青春ってものでしょ」

「青春を語る歳《とし》か」

「……それ以上言ったら、グーで殴《なぐ》るわよ」

背後《はいご》のそんな会話。ニーナが見ていることに気付いているのか、ディックはこちらに背を向け、グレンダンへと足を踏《ふ》み入れた。

「この都市にもいろいろ因果《いんが》がありそうだけど、そういうのはこっちで全部引き受けることになるでしょうね」

「え？」

　今度はニーナに話しかけてきた。

「どう、見届《みとど》ける気はない？」

「お前たちは、廃貴族《はいきぞく》が目的ではないのか？」

「んー……傭兵団《ようへいだん》の派遣《はけん》決めたのはわたしじゃなくて先代だし、サヴァリスのことだってカナリスがごちゃごちゃうるさいからだし、正直、わたしにとってはないよりある方がマシってぐらいの気分よね。グレンダンは用があるのかもしれないけど。今回はどちらかといえばサヤの方が決定権《けっていけん》持ってたっぽいし……」

　よくわからないことを言う。この女性の緊張感《きんちょうかん》のなさはニーナまで感染《かんせん》してしまいそうになる。

「ま、そんなのにつきまとわれてるんだから、ちょっと興味《きょうみ》あるんじゃないの？　なければ別にかまわないけど、でも、邪魔《じゃま》するなら押《お》し通るけどね」

　軽く言ってくれる。ニーナは考えた。レイフォンが倒《たお》れている。リーリンが捕《と》らえられている。自分がここで戦って、勝てるか？

　女王のこの態度《たいど》は、どこまでが本気なのか？

　リーリンを見る。ニーナと目が合う。来るなと言っている、そんな気がする。

だが、このままグレンダンに戻《もど》って、それで彼女が無事だと言えるのか？

背後《はいご》のレイフォンのことを思う。

彼が勝てなかった相手に、自分が、廃貴族の力を手にしているとはいえ勝てるのか？

いや……

「あら、無駄《むだ》な努力」

女王が笑った。瞬時にこちらの意図を察したのだ。そのことに寒気を覚えながら、鉄鞭を握《にぎ》りしめる。

「勝てる勝てないで迷《まよ》うなど、わたしらしくない」

「ふうん」

「レイフォンに、そこのリーリンを守ると約束した。その約束を破《やぶ》るぐらいなら、ここで殺せ」

リーリンが悲鳴を上げてニーナを止めようと叫《さけ》ぶ。だが、ニーナはその言葉を聞かなかった。

「なかなか、いい覚悟《かくご》だ」

女王の隣《となり》にいた男が前に出た。

「リン、殺しちゃだめよ」

「さて、それでこの女が止まるかな」

リンと呼《よ》ばれた男の声には暗い響《ひび》きが宿っている。

「やめてください！　リンテンス様！」

リーリンが叫ぶ。それでこの男の名前がリンテンスだとわかった。そして背筋の悪寒《おかん》がさらに強まる。

リンテンス。レイフォンに鋼糸を教えた人物だ。

「実力の嵩《かさ》など、死地でどれほどのものがある。死を賭《と》してなお動こうとするものこそ恐《おそ》ろしい。レイフォンなど、所詮《しょせん》、小手先の小僧《こぞう》だ」

圧力《あつりょく》がニーナの身を襲《おそ》う。だが、それに臆《おく》せず、背筋の震《ふる》えをかみ殺し、ニーナは前に出る機をうかがった。

機は、外からやってきた。一発の銃声《じゅうせい》。凝縮《ぎょうしゅく》された剄《けい》を纏《まと》う弾丸《だんがん》が奔《はし》る。遠くの建物から女王に向かって。

だが、それは横合いから奔《はし》った銃声によって阻止《そし》された。射線《しゃせん》が交差し、剄の爆発《ばくはつ》が空で不器用な円を描《えが》く。

銃弾が、銃弾によって止められた。しかも、最初の銃弾はどこから来たかすぐにわかったが、その次のものは爆発してからやっと射線を描く剄の残光を確認《かくにん》できた。

最初のものはシャーニッド、そうだろう。だが次は？

確認《かくにん》する時ではない。ニーナは動く。リンテンスの目はいまだ宙《ちゅう》に描かれた剄の爆発に向けられていた。

だが、それは罠《わな》だった。

「……レイフォンは小手先の小僧だ」

リンテンスがぼそりと呟《つぶや》いた。駆《か》けだしたニーナの足になにかがまとわりつく感触《かんしょく》。網糸だと思ったときにはすでに遅《おそ》い。足を絡《から》め取られ、ニーナは転んだ。すぐさま腕《うで》にも網糸が巻き付く。ニーナの動きは瞬《またた》く間すらも凌駕《りょうが》した速度で封《ふう》じられた。

「だが、戦いの機微《きび》はわかっている。死地の境涯《きょうがい》、それを踏み越《こ》えるものを手に入れられれば、あるいはさらに化けるか。お前はそれを簡単《かんたん》に越えることができるようだ。迂闊《うかつ》なほどにな。億千万の戦《いくさ》を越えた先を見るには、お前もレイフォンも、足りないものがある。

……ガキだ」

次の瞬間、ニーナの意識《いしき》は寸断《すんだん》させられた。

それを、シャーニッドは見た。

見ていた。

見ているしかできなかった。

手にした狙撃銃《そげき》の銃爪《ひきがね》を引くことはできなかった。

額《ひたい》に圧力。シャーニッドの目の前には一丁の拳銃がある。それを握《にぎ》る者がいる。奇抜《きばつ》な格好《かっこう》の、女が立っている。

「ウザガキ、死ぬか？」

「……死ぬ気はさすがにないね」

狙撃銃から手を離《はな》し、シャーニッドは諸手《もろて》を挙げた。降参《こうさん》するしかない。圧倒《あっとう》的な実力差だった。銃弾を銃弾で止められた上、近づかれたことにさえ気付けなかった。気が付けばこの状態《じょうたい》だったのだ。

これが実力差だ。言われなくとも肌身《はだみ》に差し込む緊張感がそれを教えている。死んでいたのだ。この瞬間、シャーニッドは間違いなく死んだ。生きているのは、この女の気まぐれでしかない。

額から銃が退《ど》けられた。女の姿《すがた》はすぐに消えた。

だが、シャーニッドは動けなかった。

気を失ったらしいニーナが連れ去られていくのを、黙《だま》って見守るしかできなかった。

†

真新しい戦闘衣《せんとうい》を着る。その動きで、体中に貼《は》られた絆創膏《ばんそうこう》の下で傷《きず》が痛《いた》んだ。

完璧《かんぺき》な敗北だった。これ以上のものは存在《そんざい》しないだろう。生きていたか死んでいたか、そんなことは関係なく、レイフォンは敗北した。

結果、リーリンを連れ去られてしまった。

だけでなく、ニーナまでも。廃貴族《はいきぞく》。彼女からいなくなったのではなかったのか。

レイフォンがいない間に、このツェルニの上で、一体なにがあったのか？

体は動かなかった。気も失っていた。だが、その間になにかがあり、ニーナはグレンダンに行ってしまった。

敗北は、体に刻《きざ》まれた傷よりも、胸《むね》の奥《おく》で激《はげ》しくうずいた。

今からやろうとしていることは、誰《だれ》に言われるまでもなく最も愚《おろ》かな行動だと、自分でわかっている。膝《ひざ》を折って屈《くっ》するしかなかった自分になにがやれるのか？　なにもできないような気がした。

天剣《てんけん》だなんだともてはやされ、調子に乗っていたのか？　そんなつもりはなかったが、結果としてそうなっていたのかもしれない。

本物が現《あらわ》れたらすぐさま剝《は》げてしまうような無様なメッキでしか、自分はなかった。

更衣室《こういしつ》を出る。

廊下《ろうか》に、ハーレイが待っていてくれた。

「早かったですね」

「君が帰ってくる前から、フェリに連絡《れんらく》は貰《もら》ってたから」

ハーレイが強張《こわば》った微笑《びしょう》を浮《う》かべ、剣帯に収《おさ》まった錬金鋼《ダイト》を渡《わた》してくれた。複合錬金鋼《アダマンダイト》、簡易型複合錬金鋼《シム・アダマンダイト》、そして青石錬金鋼《サファイアダイト》。レイフォンの武器《ぶき》。ツェルニで握《にぎ》る、レイフォンの武器。ハーレイとキリクが技術《ぎじゅつ》と才能《さいのう》を結集して作ってくれた錬金鋼《ダイト》。しかしそれでも天剣には遠く及《およ》ばない。

目の前にそびえる壁《かべ》は、はるかに高く、そして一つではない。

それら全《すべ》てを乗り越えることができるのか？

「それと、これ」

ハーレイが差し出してきたのは鋼鉄錬金鋼《アイアンダイト》だ。

リーリンがグレンダンから持ってきてくれた、あの錬金鋼《ダイト》だ。

「正直、君の剄の最大放出量とか考えると、鋼鉄錬金鋼《アイアンダイト》はあまり勧《すす》められないけど、でも
……」

ハーレイの言葉が途切《とぎ》れる。そこには悔《くや》しさがあった。複合錬金鋼《アダマンダイト》を以《もっ》てしても、レイフォンの剄量は耐《た》えきれない。その事実を悔しがっている。

「ありがとうございます」

受け取る。剣帯には空きが作られていた。そこに錬金鋼《ダイト》を滑《すべ》り込《こ》ませる。

「ねぇ、ニーナ、戻《もど》ってこれるかな？」

歩き出したレイフォンに、ハーレイが語りかけてくる。

「必ず」

そう言いたかった。だけど、言えなかった。

レイフォンは無言で廊下《ろうか》を進んだ。

ハーレイに答えるべきだった。そんな思いを引きずりながら、都市の地上部を歩いた。復興《ふっこう》がすでに始まっている。地上部の破壊《はかい》はすさまじく、住む家を失った者もいる。そういった生徒たちは、入学生の受け入れ場所である第一学生寮《がくせいりょう》が受け入れている。それでも入りきらない生徒たちは、シェルターで生活することになっている。

工事のための機械がそこら中で騒音《そうおん》をまき散らしている。不快《ふかい》とは思わなかった。生徒たちの表情《ひょうじょう》はあまり優《すぐ》れないが、重く暗い雰囲気《ふんいき》というわけでもない。生きていられたという思いが、彼らに明るさを呼《よ》びこもうとしているように思えた。

その中に、レイフォンは入り込《こ》めない。

武芸者《ぶげいしゃ》たちは、汚染獣《おせんじゅう》が残っていた場合に備《そな》え、いまだに警戒態勢《けいかいたいせい》を解除《かいじょ》していない。戦闘衣を着たレイフォンが歩いていても、誰も不思議に思う様子はなかった。

武芸者たちにどれほどの被害《ひがい》が出たのか、レイフォンは聞いていない。シェルターの診《しん》療所《りょうじょ》で一日、処置《しょち》を受けた。泥《どろ》のように眠《ねむ》り、そして起き上がって、いまこの場所にいる。詳《くわ》しい話を聞く暇《ひま》はなかった。

それを聞いても、いまのレイフォンになにができるとも思えなかった。

リーリンに去られた。ニーナを連れ去られた。

なにもできなかった自分がここにいる。老生体も倒《たお》せなかった。倒したのは、女王だ。フェリに無理をさせた。気付けたはずだ。巨人《きょじん》型汚染獣が都市を襲《おそ》っていたというのに、逆《ぎゃく》にそれを狩《か》る天剣と戦おうとした。

無様が服を着て歩いているようだ。

都市を見るともなく見ながら、レイフォンは歩いた。壊《こわ》れた建物をぼんやりと見つめる者がいるかと思えば、明るい顔で新調する家具の話をする女生徒たちの集団《しゅうだん》もいる。道に簡易《かんい》テントが張《は》られ、炊《た》き出しの煙《けむり》が昇《のぼ》っていた。

工事の音はどこからでも聞こえてくる。

活気があった。馴染《なじ》んだ土地が荒《あ》らされたというのに、その不幸に屈《くっ》した者ばかりではない。そこに新たなものを生み出そうとする意欲《いよく》の方がより強かった。

これが学園都市なのだと、レイフォンは思った。

壊れても新しく生み出せばいい。それを実践《じっせん》することが、この都市の意義《いぎ》なのだと、生徒一人一人ではなく、全体から生み出される活気がそれを物語っている。

その中に、入っていけない。

壊れた。武芸者に戻《もど》りかけていた自分の気持ちを、グレンダンの旧知《きゅうち》たちはことごとく打《う》ち砕《くだ》いていった。剣帯を腰《こし》に巻いていてもそれがしっくりとした感じにならないのは、そのためだろう。戦闘衣《せんとうい》にさえ、違和《いわ》感を覚える。自分が自分であることにさえ納得《なっとく》できないような気持ちだった。

それでも、歩く。

やがて、外縁部《がいえんぶ》へと出た。

すぐそこにグレンダンがあった。お互《たが》いに警戒《けいかい》の様子はない。ここに立っても誰《だれ》かに監《かん》視《し》されているという様子も感じない。だが、立ち入りと交流は禁《きん》じられているようで、進入禁止《きんし》の柵《さく》が張られている。

ツェルニはいまだに都市の足の一部が折れたままで、自己《じこ》再生《さいせい》を待つ様子だった。だが、グレンダンが動かない理由は見当たらない。

この境《さかい》を越《こ》えれば、グレンダンだ。

だが、越えることができるのか。目的を果たすことができるのか？

壁《かべ》は果てしなく高く、そして一つではない。

リンテンスという壁をレイフォンは越えることができなかった。リーリンをいとも簡単《かんたん》に連れ去られてしまった。そしてニーナもまた。グレンダンが、そして女王がどうして二人を連れて行ってしまったのか。そしてリーリンは、どうして女王についていくと決めたのか。レイフォンにはなにもわからない。わからないままに行動していいものなのか。そして自分にはなにができるのか。疑問《ぎもん》が足を止める。

自分には、本当になにかができるのか？

「やっぱ、来たかぁ」

その声でレイフォンは振《ふ》り返った。

シャーニッドだ。それにフェリまでも。

レイフォンと同じように、戦闘衣を着ていた。

「どうして？」

「考えてることは同じだろ？」

シャーニッドは相変わらずの顔でレイフォンの隣《となり》に立った。

「隊長を持ってかれちまった。これ以上の屈辱《くつじょく》はねぇよな」

肩《かた》を叩《たた》かれる。顔が近づく。笑っていたが、目は違《ちが》った。

「フェリ……先輩《せんぱい》」

「疲労《ひろう》ならもう抜《ぬ》きました。判断力《はんだん》を失ったりはしません。二度と」

静かな口調だが、決意には揺《ゆ》るがないものがある。

「負けたままというのは気に入りません」

「お、フェリちゃん良いこと言う」

「でも……」

負けたのだ。レイフォンは。そしてこの都市には強い者が無数にいる。

そして、国家だ。

ニーナを攫《さら》ったのは女王だ。それはつまり、グレンダンの意思ということだ。それに逆《さか》らうのは国家に逆らうということ。

先日以上に辛《つら》い戦いが、この、接触《せっしょく》点の向こうにはある。

「やらないと後悔《こうかい》するってことは、あると思うぜ」

背《せ》を叩かれた。

「やっても後悔するかもな。どっちが正しいかなんて知らねぇよ。正しいから納得できるってわけでもないしな。やるかやらないか、そのどっちがマシか。結局はそれだろ？　おれはやる方がマシって思ってるからここに来た」

フェリが隣に立つ。

「フェリ……先輩、本当に、危険《きけん》なんです」

無言で脛《すね》を蹴《け》られた。

「ぎゃっ！」

自分でも驚《おどろ》くぐらいに変な声が出た。座《すわ》り込《こ》んで脛を押《お》さえていると、フェリの冷たい視線《しせん》が降《ふ》り注《そそ》ぐ。

「いつまでグダグダ言ってるつもりなんですか？　ここまで来ておいて」

「せ、先輩」

「たまには男らしいところも見せてみたらどうですか？　そこの、どうしたらかっこいいセリフが言えるかばっかり考えている男の百分の一くらいには、そういうところを見せてみてください」

「うわ、相変わらずの毒舌《どくぜつ》。きっついねー」

シャーニッドが笑う。

フェリがそっぽを向く。

レイフォンは少しだけ唖然《あぜん》とし、そして唇《くちびる》が少しだけ緩《ゆる》んだ。それ以上は無理だ。悲壮感がすぐに襲《おそ》ってくる。

「そうですね」

それでも、レイフォンは心を覆《おお》い潰《つぶ》そうとするその感覚から抜け出そうとグレンダンを見た。

「隊長を助けましょう」

そしてリーリンも。

レイフォンたちは、接触点を越《こ》えた。

あとがき

久しぶりの本編です。雨木《あまぎ》シュウスケです。

というか今回ページ数が少ないのですよ。なんと三頁です。驚《おどろ》きの枚数！　びっくりだ。

というわけでちゃきちゃきと本編とか宣伝《せんでん》とか次巻の話をば。

で、本編です。申《もう》し訳《わけ》ないぐらいお待たせしました。そしてなんやら知らないキャラがいっぱいいるぞ？　と思われるかもしれません。うん、たくさん出てます。天剣もちょこちょこ出てたのから名前しか出てないのまで出しました。完全新キャラも一人出しました。一人？　たしか、一人だったはずだ。わやわやと出して色々ともぞもぞしています。そういう話です。

はてな？　と思ったキャラは『レジェンド・オブ・レギオス』のキャラです。あれが前《ぜん》世譚《せたん》である以上は逃げられないいっちゅうかなんかそんな感じです。あ、でもあれを読んでないと話の筋《すじ》が理解できないとかそういうのはないようにがんばっています。純粋《じゅんすい》な新キャラとして楽しめるはずです。より深く楽しみたいという方がおられましたらどうか一冊《いっさつ》手に取ってみてください。ダークな感じに仕上げております。

さて、続いて宣伝の話をば。

同時刊行でレギオス関係がこれ含めて三冊出ます。一つがこの『ブラック・アラベスク』。

そして次が『聖戦のレギオスⅠ　眠りなき墓標群《グレイブ》』ディック主人公の話です。まだまだ導入部分ですが狼面衆《ろうめんしゅう》との戦いを書いていくつもりです。

そして『オール・オブ・レギオスⅠ　鋼殻のレギオスワールドガイド』解説本ですね。イラストとかがまとまっていて良い感じかと思います。ドラマガのおまけで付けた短編に後日譚を加筆させていただきました。

さてさて、実はそれだけではなくて、今月はアニメのDVDも発売されます。限定版の方には雨木の小説も付いてきます。ショートショートぐらいの長さですが、限定版全てに付きます。一話完結型ですので、歯抜《はぬ》けになっても問題なしです。でも売れないといろんな人がきっと涙すると思うので財布《さいふ》に余裕《よゆう》のある方は是非《ぜひ》、是非！

ていうか、今月、財布に優しくないよねー。

スケジュール的にも優しくありませんでしたよ。

そして次巻（五月発売予定）です。

実は、ワールドガイドのインタビューで短編集って言っちゃってますが、ちょっと違います。というかインタビュー後で担当さんと話し合って変えました。短編も付きます。現在進行中の話に関係ある短編＋本編という、ちょっと変わった形態にさせてもらいました。

というわけで次回予告。

グレンダンの奥の院。それはこの世界の秘密が眠る場所。その扉《とびら》がついに開く。そこでリーリンが知るものとは。

そして連れ去られたニーナを巡《めぐ》ってディックと狼面衆が跳梁《ちょうりょう》する。

グレンダンに足を踏み入れたレイフォンははたして……。

次回、『鋼殻のレギオス13　グレー・コンチェルト』

お楽しみに！

深遊さんはじめ、うぼあーなスケジュールを共に戦ってくれた皆様に感謝！

雨木シュウスケ

富士見ファンタジア文庫

鋼殻《こうかく》のレギオス12

ブラック・アラベスク

平成21年3月25日　初版発行

著者――雨木《あまぎ》シュウスケ《しゅうすけ》

発行者――山下直久

発行所――富士見書房
〒102-8144
東京都千代田区富士見1-12-14
http://www.fujimishobo.co.jp
電話　営業　03(3238)8702
　　　編集　03(3238)8585

印刷所――旭印刷

製本所――本間製本

ISBN978-4-8291-3382-8 C0193